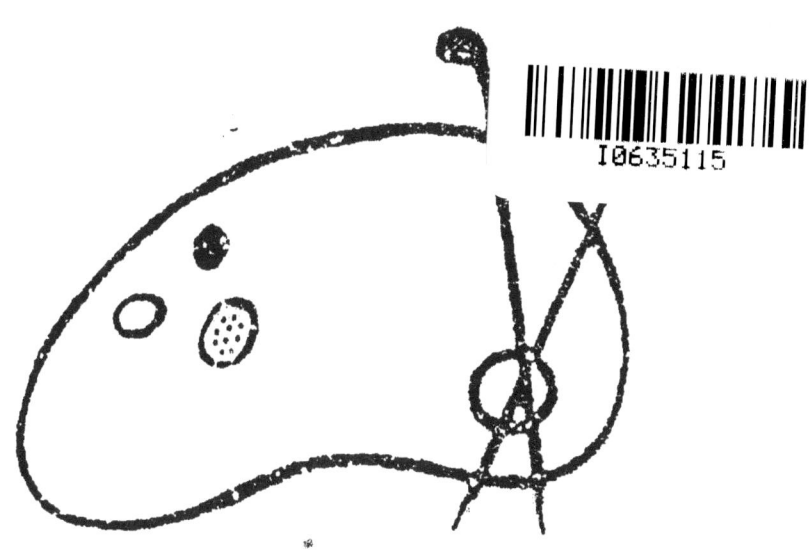

Couvertures supérieure et inférieure
en couleur

UNE
HISTOIRE SANS NOM

PAR

JULES BARBEY D'AUREVILLY

Ni diabolique, ni céleste,
mais... sans nom.

FAC ET SPERA

PARIS

ALPHONSE LEMERRE, LIBRAIRE-ÉDITEUR

27-31, PASSAGE CHOISEUL, 27-31

1882

ŒUVRES COMPLÈTES

DE

BARBEY D'AUREVILLY

ÉDITION ELZÉVIRIENNE

VOLUMES PETIT IN-12 IMPRIMÉS SUR PAPIER VÉLIN TEINTÉ

L'ENSORCELÉE. 1 vol. avec portrait de l'auteur gravé par RAJON............................ 6 »»

7 eaux-fortes dessinées et gravées par Félix BUCHOT pour illustrer l'*Ensorcelée*.............. 15 »»

UNE VIEILLE MAITRESSE. 2 vol.................. 10 »»

11 eaux-fortes dessinées et gravées par Félix BUCHOT pour illustrer *Une Vieille Maîtresse*........ 15 »»

LE CHEVALIER DESTOUCHES. 1 vol............. 6 »»

6 eaux-fortes dessinées et gravées par Félix BUCHOT pour illustrer le *Chevalier Destouches*...... 10 »»

LE PRÊTRE MARIÉ. 2 vol..................... 10 »»

DU DANDYSME ET DE GEORGES BRUMMEL. 1 vol. avec portraits de BRUMMEL et de l'auteur à vingt ans............................... 2 50

2463 — ABBEVILLE. — TYP. ET STÉR. GUSTAVE RETAUX.

UNE HISTOIRE SANS NOM

2465. — ABBEVILLE. — TYP. ET STÉR. GUSTAVE RETAUX.

UNE

HISTOIRE SANS NOM

PAR

JULES BARBEY D'AUREVILLY

Ni diabolique, ni céleste,
mais... sans nom.

PARIS

ALPHONSE LEMERRE, LIBRAIRE-ÉDITEUR

27-31, PASSAGE CHOISEUL, 27-31

—

1882

A MONSIEUR PAUL BOURGET

Mon Cher Paul Bourget,

Je veux mettre votre nom à la tête de cette *Histoire sans nom*, et vous offrir cette pierre, de couleur sombre, qui vous intéressait pendant que je la gravais. Que ce soit là un monument... oh ! un très petit monument, mais d'une chose très grande — mon amitié pour vous. Vous qui avez un nom fleurissant déjà dans la jeune littérature contemporaine et y promettant des épanouissements délicieux, je l'attache à ce récit mélancolique, comme la rose qu'on met parfois, quand on va dans le monde, à la boutonnière de son habit noir.

Mon livre, puisque je le publie, va s'en aller dans le monde aussi, et je l'ai paré *avec* vous.

Jules Barbey d'Aurevilly.

2 Juillet 1882.

UNE

HISTOIRE SANS NOM

I

Dans les dernières années du dix-huitième
siècle qui précédèrent la Révolution française, au pied des Cévennes, dans une petite
bourgade du Forez, un capucin prêchait entre
vêpres et complies. On était au premier dimanche du Carême. Le jour s'en venait bas
dans l'église, assombrie encore par l'ombre
des montagnes qui entourent et même étrei-
gnent cette singulière bourgade, et qui, en
s'élevant brusquement du pied de ses dernières maisons, semblent les parois d'un ca-

lice au fond duquel elle aurait été déposée.
A ce détail original, on l'aura peut-être reconnue... Ces montagnes dessinaient un cône
renversé. On descendait dans cette petite
bourgade par un chemin à pic, quoique circulaire, qui se tordait comme un tire-bou-
chon sur lui-même et formait au-dessus d'elle
comme plusieurs balcons, suspendus à divers
étages. Ceux qui vivaient dans cet abîme
devaient certainement éprouver quelque
chose de la sensation angoissée d'une pauvre
mouche tombée dans la profondeur, — immense pour elle — d'un verre vide, et qui,
les ailes mouillées, ne peut plus sortir de ce
gouffre de cristal... Rien de plus triste que
cette bourgade, malgré le vert d'émeraude de
sa ceinture de montagnes boisées et les eaux
courantes qui en ruissellent de toutes parts,
charriant des masses de truites dans leurs
bouillons d'argent. Il y en a tant qu'on pourrait les prendre avec la main... La Providence
a voulu que, pour les raisons les plus hautes,
l'homme aimât la terre où il est né, comme il
aime sa mère, fût-elle indigne de son amour.
Sans cela, on ne comprendrait guère que des

hommes à large poitrine, ayant besoin de dilatation au grand air, d'horizon et d'espace,
pussent rester claquemurés dans cet étroit
ovale de montagnes qui semblent se marcher
sur les pieds, tant elles sont pressées les unes
contre les autres ! sans monter plus haut pour
respirer ; et l'on pense involontairement aux
mineurs qui vivent sous la terre, ou à ces anciens captifs des cloîtres qui priaient pendant
des années, engloutis dans de ténébreuses
oubliettes... Pour mon compte, j'ai vécu là
vingt-huit jours à l'état de Titan écrasé, sous
l'impression physiquement pesante de ces in-
supportables montagnes ; et, quand j'y pense,
il me semble que j'en sens toujours le poids
sur mon cœur. Noire déjà par le fait du temps,
car les maisons y sont anciennes, cette bourgade qu'on dirait un dessin à l'encre de Chine,
et où la Féodalité a laissé quelques ruines, se
noircit encore — noir sur noir — de l'ombre
perpendiculaire des monts qui l'enveloppent,
comme des murs de forteresse, que le soleil
n'escalade jamais. Ils sont trop escarpés pour
qu'il puisse passer par-dessus et lancer dans le
trou qu'ils font un bout de rayon. Quelquefois,

à midi, il n'y fait pas jour. Byron aurait écrit
là sa *Darkness*. Rembrandt y aurait mis ses
clair-obscurs, ou, plutôt, il les y aurait trou-
vés. L'été, quand le jour est beau, les habi-
tants s'en doutent peut-être, en regardant la
lucarne bleue qu'ils ont à mille pieds au-dessus de leurs têtes. Mais, ce jour-là, la lucarne
n'avait pas de bleu. Elle était grise. Les nuages
appesantis la fermaient comme un cercle de
fer. La bouteille avait son bouchon.

En ce moment, toute la population de la
bourgade était à l'église, — une église austère
du treizième siècle, où des yeux de lynx, s'il
y en avait eu, n'auraient pu lire leurs vêpres,
dans ce chien et loup d'un soir d'hiver, mais
où il y avait encore plus de loup que de chien.
Les cierges, selon l'usage, avaient été éteints
au commencement du sermon, et la foule,
pressée comme des tuiles sur les toits, n'était
pas plus visible au prédicateur que lui, détaché d'elle et plus élevé qu'elle dans sa chaire,
ne lui était visible de là-haut... Seulement, si
on ne le voyait pas très bien, on l'entendait.
« Les capucins ne nasillent qu'au chœur, »

disait l'ancien proverbe. La voix de celui-ci était vibrante et d'un timbre fait pour annoncer les vérités les plus terribles de la religion. Et, ce jour-là, il les annonçait. Il prêchait sur l'enfer. Tout dans cette église sévère de style, et où la nuit entrait lentement, vague par vague, plus profonde de minute en minute, donnait un très grand caractère à la parole de ce prédicateur. Les statues des Saints, alors voilées sous les draperies dont on les couvre pendant le Carême, ressemblaient à de mystérieux et blancs fantômes, immobiles le long de leurs murs blancs, et le prédicateur, dont la silhouette indistincte s'agitait sur le blanc pilier contre lequel la chaire était adossée, en semblait un autre... On eût dit un fantôme prêchant des fantômes. Même cette voix tonnante, d'une si puissante réalité et qui semblait n'appartenir à personne, en paraissait d'autant plus la voix du Ciel... L'impression de tout cela saisissait... Et l'attention était si profonde et le silence si grand que quand le prédicateur se taisait, un instant, pour reprendre haleine, on entendait,—du dehors dans l'église, — le petit bruit des sources qui filtraient de partout le long des montagnes, dans ce pays plein de soupirs, et qui ajoutait à la mélancolie de ses ombres la mélancolie de ses eaux !

Assurément l'éloquence de l'homme qui parlait à cette heure-là, dans cette église, tenait aux choses ambiantes que je viens de décrire, mais sait-on jamais bien où est l'éloquence?... En l'écoutant, toutes les têtes étaient penchées sur les poitrines, toutes les oreilles étaient tendues vers cette voix qui planait, comme la foudre, sous ces voûtes émues... Deux de ces têtes seulement, au lieu d'être penchées, se relevaient un peu vers le prédicateur, perdu dans la pénombre, et faisaient d'incroyables efforts pour le voir... C'étaient les têtes de deux femmes,—la mère et la fille,—qui devaient avoir le prédicateur à *collationner* chez elles après le sermon, ce soir-là, et qui étaient curieuses de voir leur convive. Dans ce temps-là, si on se le rappelle, c'étaient toujours des religieux étrangers, appartenant à quelque Ordre lointain, qui prêchaient le Carême dans toutes les paroisses du royaume. Le peuple qui donne des noms à tout, en vrai poète qu'il est sans le savoir, appelait ces religieux errants « des *hiron- delles de Carême.* » Or, quand une de ces hirondelles de Carême s'abattait dans quelque ville ou quelque bourgade, on lui faisait son nid dans une des meilleures maisons de l'en- droit. Les familles riches et religieuses ai- maient à exercer cette hospitalité, et dans la province, où la vie est si monotone, c'était un intérêt animé pour elles que ce prédicateur de chaque année qui apportait avec lui le charme de l'inconnu et le parfum de lointain que les âmes isolées aiment à respirer... Les plus grandes séductions peut-être que l'his- toire des passions pourrait raconter, ont été accomplies par des voyageurs qui n'ont fait que passer et dont cela seul fut la puissance... L'austère capucin qui parlait alors de l'Enfer avec une énergie de parole qui rappelait le formidable Bridaine, ne paraissait pas fait pour semer dans les âmes autre chose que la crainte de Dieu, et il ne savait pas, et les deux femmes qui voulaient le voir ne savaient pas non plus, que l'Enfer qu'il prêchait, il allait le leur laisser dans le cœur.

Mais ce soir-là ces deux femmes furent trompées dans leur petite curiosité de femmes de province. Quand elles sortirent de l'église, elles n'eurent aucune observation à se communiquer sur ce terrible prédicateur d'un dogme terrible, si ce n'est sur son talent qu'elles trouvèrent grand. Elles n'avaient pas, se dirent-elles, à la sortie de l'église, en s'entortillant dans leurs pelisses, entendu jamais mieux prêcher une Ouverture de Carême. Elles étaient dévotes, pieuses comme des anges, selon la sacramentelle expression. C'étaient madame et mademoiselle de Ferjol. Elles rentrèrent chez elles très animées. Les années précédentes, elles avaient vu et même logé beaucoup de prédicateurs, des génovéfains, des prémontrés, des dominicains et des eudistes, mais de capucin, jamais! Personne de cet ordre mendiant de saint François d'Assise, dont le costume, — et le costume préoccupe toujours plus ou moins les femmes, — est si poétique et si pittoresque. La mère, qui avait voyagé, en avait vu dans ses voyages, mais la fille, qui n'avait que seize ans, ne connaissait de capucin que celui qui faisait baromètre au

coin de la cheminée de la salle à manger de
sa mère, — ce vieux système de baromètre
d'une bonhomie si charmante, et qui, comme
tant de choses charmantes, marquées du caractère d'un autre temps, n'existe plus!

Mais celui qui se fit annoncer, et qui entra
dans la salle à manger où les dames de Ferjol
l'attendaient pour souper, ne ressemblait
nullement au capucin de baromètre qui s'en-
capuchonnait à la pluie et se désencapuchon-
nait au beau temps. C'était un autre type que
la joyeuse silhouette inventée par la moqueuse
imagination de nos pères. — Dans cette gau-
loise France, même en des jours de foi, on a
beaucoup ri du moine et du capucin, mais
surtout du capucin. Plus tard, à une époque
moins fervente, cet aimable et mauvais sujet
de Régent, qui se riait de tout, ne demandait-il
pas à un capucin qui se disait indigne : « Eh !
de quoi diable es-tu digne, si tu n'es pas digne
d'être capucin ? » Le dix-huitième siècle, qui
méprisait l'histoire comme Mirabeau, et à qui
l'histoire le rendra bien, comme à Mirabeau,
avait oublié que Sixte-Quint, le sublime por-

cher de Montalto, avait été capucin, et toute
sa vie de siècle, il chansonna les capucins et
les cribla d'épigrammes. Mais celui qui, ce
soir-là, parut devant ces dames de Ferjol,
n'aurait prêté ni à la moindre épigramme ni
au moindre couplet de chanson. Il était de
grande et imposante tournure, — et puisque
le monde aime l'orgueil, son regard, qui ne
demandait pas qu'on l'excusât d'être capucin,
n'avait rien de l'humilité volontaire de son
Ordre. Son geste non plus. Il devait avoir l'air
de commander l'aumône, en tendant la main,
— et quelle main ! d'un galbe superbe sortant
de sa grande manche avec un éclat de blancheur qui sautait aux yeux, étonnés de cette
main royale de beauté, tendue si impérieusement à l'aumône ! C'était un homme du milieu
de la vie, robuste, à barbe courte, frisée
comme celle de l'Hercule antique et d'une
couleur foncée de bronze. On eût dit Sixte-
Quint obscur, à trente ans. Agathe Thousard,
la vieille servante des dames de Ferjol, venait, selon l'usage respectueux des maisons
pieuses, de lui donner à laver ses pieds
dans le corridor, et ses pieds, qui sor-

taient de l'eau, luisaient dans ses sandales comme des pieds de marbre ou d'ivoire, sculptés par Phidias. Il salua très noblement ces dames, à l'orientale, les bras croisés sur sa poitrine, et pour personne, même pour Voltaire, il n'aurait mérité ce nom méprisant de « frocard » qu'on donnait alors aux gens de sa robe. Quoique les boutons rouges du cardinalat ne dussent jamais étoiler son froc, il semblait fait pour les porter. Ces dames qui ne connaissaient de lui que sa voix de prédicateur, tombant de la chaire dans cette église où pleuvaient les ténèbres du soir, trouvèrent, quand elles le virent, que sa personne faisait *bien un* avec sa voix. Comme on était en Carême et que cet homme de pauvreté et d'abstinence allait le représenter plus particulièrement, puisqu'il allait le prêcher, on lui offrit la collation obligée du Carême, composée de haricots à l'huile, de salade de céleri et de betteraves, mêlée à des anchois, à du thon et à des huîtres marinées en baril. Il y fit honneur, mais il repoussa le vin qu'on lui présenta, quoique ce fût du vin catholique, un vieux *château du Pape*. Il parut à ces dames

avoir l'esprit et la gravité de son état, sans
affectation et sans papelardise. Quand il eut
rabattu sur ses épaules le capuchon avec lequel il était entré, il laissa voir un cou de pro-
consul romain et un crâne énorme, brillant
comme une glace et cerclé d'une légère cou-
ronne, bronzée comme sa barbe et frisée
comme elle.

Tout ce qu'il dit à ces deux femmes qui allaient l'héberger fut d'un homme qui avait
l'habitude de ces hospitalités faites par les
plus hautes compagnies, à ces mendiants de
Jésus-Christ qui n'étaient jamais déplacés dans
quelque milieu que ce pût être, et que la religion mettait de pair avec les plus élevés de ce
monde. Il ne fut cependant sympathique ni à
l'une ni à l'autre de ces dames de Ferjol.
Elles estimèrent qu'il manquait de la simplicité et de la rondeur qu'elles avaient rencon-
trées chez d'autres prédicateurs de Carême,
logés chez elles, les années précédentes. Lui,
il imposait et presque indisposait. Pourquoi
ne se sentait-on pas à l'aise en sa présence?...
Il était impossible de s'en rendre compte;
mais il y avait dans le regard hardi de cet

homme et surtout dans l'arc de sa bouche,
sous la moustache de sa barbe courte, une incroyable et inquiétante audace... Il semblait
un de ces hommes dont on peut dire : « Il
était capable de tout. » Ce fut en le regardant, un soir, sous l'abat-jour de la lampe,
après souper, quand une espèce de familiarité
se fut établie entre lui et les femmes dont il
était le commensal, que madame de Ferjol
lui dit pensivement : « Quand on vous regarde, mon Père, on est presque tenté de se
demander ce que vous auriez été si vous n'a-
viez été un saint homme. » Il ne fut point
choqué de cette observation. Il en sourit...
Mais de quel sourire ? Madame de Ferjol n'ou-
blia jamais ce sourire qui, quelque temps après,
devait enfoncer dans son âme une si épouvantable conviction.

Mais malgré ce mot plus fort qu'elle et qui
lui avait échappé, madame de Ferjol n'eut
point, pendant les quarante jours qu'il passa
chez elle, la moindre chose à reprocher à ce
capucin, d'une physionomie si peu en harmonie avec l'humilité de son état. Langage et

tenue, tout fut en lui irréprochable. « Il serait
peut-être mieux à la Trappe que dans un couvent, disait quelquefois madame de Ferjol à
sa fille, quand elles étaient seules et qu'elles
s'entretenaient de leur hôte et de son audacieuse physionomie. La Trappe, dans l'opinion du monde, est surtout faite, avec son
silence et la férocité de sa règle, pour les pé-
cheurs qui ont quelque grand crime à expier.
Madame de Ferjol avait un esprit pénétrant.
Quoiqu'elle fût dans la plus haute dévotion
depuis des années, sa charité de dévote n'em-
pêchait pas sa pénétration de femme du monde
de s'exercer... Spirituelle, très capable d'ap-
précier la grande éloquence du Père Riculf,
— un nom du Moyen-Age qui, du reste, lui
allait bien — elle n'était cependant pas plus
entraînée par cette éloquence que par l'homme
qui en était doué... A plus forte raison, sa
jeune fille que cette dure éloquence faisait
trembler... Ni le talent, ni l'homme n'étaient
adhérents à ces deux femmes, et pour cette
raison, elles n'allèrent point à confesse à lui,
comme les autres femmes de la bourgade qui
s'en affolèrent. C'est assez la coutume, dans

les villes religieuses, de quitter son confesseur
pendant les missions qu'on y fait et de prendre
le missionnaire qui passe... On se donne alors
le luxe très bien porté d'un confesseur ordinaire et d'un confesseur extraordinaire. Tout
le temps qu'il prêcha son Carême, le confessionnal du P. Riculf ne désemplit pas des
femmes de la bourgade, et les dames de Ferjol
furent peut-être les seules qu'on n'y vit pas.
Cela étonna tout le monde. Dans l'église,
comme chez elles, il y avait, pour les dames
de Ferjol, un cercle autour de cet isolant capucin, et elles s'arrêtaient à la circonférence
de ce cercle, inexplicablement mystérieux.
Sentaient-elles, d'avertissement intérieur, car
nous avons tous notre démon de Socrate, qu'il
allait leur devenir fatal?...

II

La baronne de Ferjol n'était point de ce
pays, qu'elle n'aimait pas... Elle était née au
loin. C'était une fille noble de race normande,
qu'un mariage, qui avait été une folie d'incli-
nation, avait jetée dans ce « trou de formicaléo », — comme elle disait dédaigneusement,
en pensant aux horizons et aux luxuriants
paysages de son opulent pays... Seulement,
le formicaléo, c'était l'homme qu'elle aimait,
et le trou dans lequel il l'avait précipitée,
l'amour pendant des années l'avait élargi et
rempli de son agrandissante lumière. Heureuse chûte ! Elle était tombée là parce qu'elle
aimait ! La baronne de Ferjol, de son nom
Jacqueline-Marie-Louise d'Olonde, s'était

éprise du baron de Ferjol, capitaine au régi-
ment de Provence (infanterie), dont le régi-
ment, dans les dernières années du règne de
Louis XVI, avait fait partie du camp d'observation dressé sur le mont de Rauville-la-Place,
à trois pas de la rivière la Douve et de Saint-
Sauveur-le-Vicomte, qui ne s'appelle plus
maintenant que Saint-Sauveur-sur-Douve,
comme on dit Strafford-sur-Avon. Ce petit
camp, dressé là en prévision d'une descente
des Anglais sur la côte, qui menaçait alors le
Cotentin, n'était composé que de quatre régi-
ments d'infanterie, placés sous le commande-
ment du lieutenant-général marquis de Lam-
bert. Ceux-là qui auraient pu en garder le
souvenir sont morts depuis longtemps, et l'immense bruit de la Révolution française, passant
par-dessus cet infiniment petit de l'histoire,
l'a fait oublier. Mais ma grand'mère, qui avait
vu ce camp, et qui en avait reçu somptueuse-
ment tous les officiers chez elle, en parlait
encore dans mon enfance avec l'accent qu'ont
les vieilles gens, quand ils parlent des choses
qu'ils ont vues... Elle avait fort bien connu
le baron de Ferjol, qui avait tourné la tête à

mademoiselle Jacqueline d'Olonde, en dan-
sant avec elle, dans les meilleures maisons de
Saint-Sauveur, petite ville de noblesse et de
haute bourgeoisie, où l'on dansait beaucoup
alors. Il était, disait-elle, très beau, ce baron
de Ferjol, dans son uniforme blanc, à collet et
à parement bleu céleste. Blond, d'ailleurs, et
les femmes prétendent que le bleu est le fard
des blonds. Ma grand'mère ne s'étonnait donc
pas que M. de Ferjol eût tourné la tête à mademoiselle d'Olonde, et, de fait, il la lui avait
tournée et si bien, qu'un jour, elle s'était fait
enlever par lui, cette fille qu'on disait si fière!
Dans ce temps-là, il y avait encore des enlè-
vements dans le monde, avec la poésie de la
chaise de poste, et la dignité du danger et des
coups de pistolet aux portières. A présent, les
amoureux ne s'enlèvent plus. Ils s'en vont pro-
saïquement ensemble, dans un confortable
wagon de chemin de fer, et ils reviennent,
après « le petit badinage consommé », comme
dit Beaumarchais, aussi bêtement qu'ils étaient
partis, et quelquefois beaucoup plus... C'est
ainsi que nos plates mœurs modernes ont sup-
primé les plus belles et les plus charmantes

folies de l'amour ! Après l'éclat d'un enlèvement qui fit un épouvantable scandale, dans
une société réglée, morale, religieuse, même
un peu janséniste, et qui n'a pas, du reste,
beaucoup changé depuis ce temps-là, les tuteurs
de mademoiselle d'Olonde, laquelle était
orpheline, n'hésitèrent plus. Ils consentirent
à son mariage avec le baron de Ferjol, qui
l'emmena dans les Cévennes, son pays natal.

Malheureusement, le baron mourut jeune.
Il laissa sa femme au fond de cet entonnoir
de montagnes, qu'il avait agrandi de sa présence et de son amour et dont les parois, se
resserrant autour d'elle, jetèrent sur son cœur
en deuil comme un voile noir de plus... Elle
resta pourtant courageusement dans cet abîme.
Elle n'essaya point de remonter la pente es-
carpée de ces étouffantes montagnes pour
retrouver un peu de ciel sur la tête, quand
elle n'en avait plus dans le cœur. Malheureuse,
elle se tapit dans son gouffre, comme dans la
douleur de son veuvage. Un moment, elle
pensa, il est vrai, à retourner en Normandie,
mais l'idée de son enlèvement et du mépris

qu'elle y retrouverait peut-être, l'en empêcha... Elle ne voulut pas revenir se blesser
aux vitres qu'elle avait cassées. Son âme altière avait horreur du mépris. Positive comme
sa race, elle se préoccupait assez peu de la
poésie des choses extérieures. Quand cette
poésie lui manquait, elle n'en souffrait pas.
Ce n'était point une âme rêveuse, inclinée aux
nostalgies. C'était, au contraire, une âme robuste et raisonnable, quoique ardente... Ardente! son mariage ne l'avait que trop prouvé.
Mais son ardeur était concentrée, et lorsque,
après la mort de son mari, elle fut devenue
pieuse, de cette piété que les confesseurs appellent « intérieure », elle tourna tout à coup
au sévère... La triste bourgade où elle était
internée lui paraissait aussi bonne pour y vivre
que pour y mourir. Ombrée par les montagnes
qui la surplombent, cette bourgade encadrait
très bien sa personne. A portrait sombre,
cadre sombre. La baronne de Ferjol, âgée
d'un peu plus de quarante ans, était une grande
brune maigre dont la maigreur semblait éclai-
rée en dessous d'un feu secret, brûlant comme
sous la cendre, dans la moelle de ses os...

Belle — les femmes disaient qu'elle l'avait été autrefois — mais agréable, non! — ajoutaient-elles avec le plaisir que leur causent, d'ordinaire, ces atténuations. Sa beauté, qui n'avait été désagréable, du reste, aux autres femmes, que parce qu'elle avait été écrasante, elle l'avait enterrée avec l'homme qu'elle avait éperdument aimé; et lui disparu, cette coquette pour lui seul n'y pensa jamais plus. Il avait été l'unique miroir dans lequel elle se fût admirée. Et quand elle eut perdu cet homme, pour elle, l'univers! elle reporta l'ardeur de ses sentiments sur sa fille. Seulement, comme par l'effet d'une pudeur farouche, qu'ont parfois ces natures ardentes, elle n'avait pas toujours montré à son mari les sentiments par trop violents et par trop... troublants qu'il lui inspirait, elle ne les montra pas davantage à cette enfant qu'elle aimait encore plus parce qu'elle était la fille de son mari que parce qu'elle était la sienne, à elle, — plus épouse que mère jusque dans sa maternité! Madame de Ferjol avait, sans l'affecter et même sans le savoir, avec sa fille comme avec le monde, une espèce de majesté rigide dont sa fille et le

monde subissaient également l'empire. Quand
on la regardait, on s'expliquait très bien cet
ascendant sans sympathie. Pour qu'elle fût
sympathique, il y avait en madame de Ferjol
quelque chose de trop impérieux, de trop despotique, de trop romain jusque dans son buste
de matrone, dans la fière arcure de son profil,
et dans cette masse de cheveux noirs large-
ment empâtés de blanc, sur des tempes, qu'ils
rendaient plus austères et presque cruelles et
qui semblaient, ces impitoyables blancheurs,
avoir eu des griffes pour s'accrocher et rester
là obstinément sur ces résistantes épaisseurs
d'ébène. Tout cela était à faire crier les âmes
communes, qui voudraient que tout fût commun comme elles, mais les peintres et les
poëtes auraient, eux, raffolé de cette hâve tête
de veuve qui leur eût rappelé tout au moins
la mère de Spartacus ou de Coriolan, et, bêtise
amère de la Destinée! la femme de cette tête,
énergique et désolée, qui faisait l'effet d'avoir
été créée pour dompter les plus fiers rebelles
et commander à des héros au nom de leurs
pères, n'avait à conduire et à diriger dans la
vie qu'une pauvre fillette innocente!

Rien de plus innocent, en effet, et de plus
fillette. Lasthénie de Ferjol (Lasthénie! un nom
des romances de ce temps-là, car tous nos
noms viennent des romances chantées sur nos
berceaux!) Lasthénie de Ferjol sortait à peine
de l'enfance. Elle avait vécu, sans la quitter
un seul jour, dans cette petite bourgade du
Forez, comme une violette au pied de ces
montagnes, dont les flancs d'un vert glauque
ruissellent de mille petits filets d'eaux plain-
tives. Elle était le muguet de cette ombre humide, car le muguet aime l'ombre. Il croît
mieux dans les coins des murs de nos jardins
où le soleil ne filtre jamais. Lasthénie de Ferjol avait la blancheur de cette fleur pudique
de l'obscurité et elle en avait le mystère. C'é-
tait en tout l'opposé de sa mère par le caractère et par la physionomie. En la voyant, on
s'étonnait que cette faiblesse eût pu sortir de
cette force. Elle ressemblait au verdissant
feuillage qui attend le chêne auquel il doit
s'enlacer... Que de jeunes filles qui, dans la
vie, rampent sur le sol comme des guirlandes
tombées, et qui, plus tard, s'élancent et se
tordent autour du tronc aimé et prennent

alors leur vraie beauté de lianes ou de guirlandes, qui ont besoin de se suspendre à un
arbre humain dont elles seront, un jour, la pa-
rure et l'orgueil! Lasthénie de Ferjol avait une
de ces figures que le monde trouve plus jolies
que belles, mais il est vrai que le monde ne
s'y connaît pas!... De taille ronde et mince
— combinaison qui fait les femmes accomplies, — c'était — de cheveux, — une blonde
comme son père, l'idéal baron qui mettait
parfois de la poudre rose dans les siens, —
une fantaisie efféminée de ce temps, et que,
depuis, au commencement du siècle, se permettait encore l'abbé Delille, malgré sa lai-
deur, qui était atroce. Lasthénie, elle, n'y
avait d'autre poudre que la cendre naturelle
du plumage de la tourterelle, à la fauve mélancolie. Les yeux de cette tête cendrée, en-
cadrés dans la blancheur mate du muguet, qui
ressemble à de la porcelaine, apparaissaient,
grands et brillants comme de fantastiques mi-
roirs, et leur éclat verdâtre rappelait celui
de certaines glaces à reflets étranges, dus
peut-être à la profondeur de leur pureté. Ces
yeux de vert-gris-pâle, qui est la nuance de

la feuille du saule, l'ami des eaux! se voilaient
de longs cils d'or bruni, qui traînaient lon-
guement sur ses belles joues pâles, et tout en
elle était de la lenteur de ces cils. La langueur
de sa démarche était de la langueur de ses
paupières. Je n'ai connu dans toute ma vie
qu'une *seule* personne de ce charme alangui
et jamais je ne l'oublierai... C'était une céleste
boiteuse. Lasthénie ne boitait pas, mais elle
avait l'air de boiter. Elle avait ce mouvement
charmant des femmes qui boitent légèrement,
et qui impriment à leur robe, ô magie! de si
adorables ondulations. Elle respirait enfin,
dans tout son être, cette faiblesse divine, devant laquelle les hommes forts et généreux —
et plus ils sont mâles ! — s'agenouilleront
toujours !

Elle aimait sa mère, mais elle la craignait.
Elle l'aimait comme certains dévots aiment
Dieu, avec tremblement. Elle n'avait pas, elle
ne pouvait avoir avec sa mère les abandons
et la confiance que les mères qui débordent
de tendresse inspirent à leurs enfants. L'abandon était pour elle impossible avec la sienne,
avec cette femme imposante et morne, qui

semblait vivre dans le silence du tombeau de
son mari refermé sur elle. Ainsi refoulée,
cette rêveuse au front gros d'inexprimables
rêves, et qui se penchait sous leur poids, sans
croire avoir besoin de les cacher, vivait dans
la sobre lumière qui tombait sur elle, en ce
fond de coupe dont les bords étaient des montagnes, mais elle y vivait plus encore dans ses
pensées, comme dans d'autres montagnes, et
dans celles-ci, — comme dans les autres, — il
n'y avait pas de chemin en spirale par lesquels
on eût pu descendre...

Elle était cachée, mais pourtant elle était
ingénue. Seulement l'ingénuité chez elle, il
aurait fallu la chercher au fond de son âme et
l'en faire jaillir comme on fait jaillir du fond
d'une eau pure la perle d'écume qui ne monte,
en bouillonnant à la surface, que quand on y
plonge un vase ou la main... Personne n'avait
jamais songé à plonger dans l'âme de Lasthénie. Sa mère l'adorait, mais surtout parce
qu'elle ressemblait à l'homme qu'elle avait
aimé avec un si grand entraînement. Elle
jouissait de sa fille en silence. Elle s'en repais-
sait sans rien dire. Moins pieuse, moins rigide,

se défiant moins d'une ardeur de sentiment
qu'elle se reprochait comme trop intense
et trop humaine, elle l'aurait mangée de caresses et lui aurait entr'ouvert sous ses baisers
ce cœur né timide, et fermé comme un bouton
de fleur qui ne devait peut-être jamais s'ouvrir. Madame de Ferjol était sûre du sentiment qu'elle avait pour sa fille, et cela lui suf-
fisait... Elle pensait que son mérite devant
Dieu, à elle, était de contenir le flot d'une tendresse qui ne demandait que trop à déborder.
Mais en se contenant, du même coup (le sa-
vait-elle bien?) elle contenait celui de sa fille.
Elle mettait la main, comme un mur, sur cette
source de sentiments qui cherchaient leur lit
dans le cœur maternel et qui, ne le trouvant
pas, refluèrent... Hélas! la loi qui régit les
sentiments de nos cœurs est plus cruelle que
la loi qui régit les choses! Une fois écartée la
main qui faisait mur et s'opposait à son jail-
lissement, la source repart, délivrée de l'obstacle, et recommence de plus en plus impé-
tueusement à couler, tandis qu'il arrive
toujours un moment dans nos âmes où les
sentiments qu'on y a contenus s'y résorbent

et ne reparaissent plus quand on voudrait les
voir reparaître, de même que le sang, qui,
dans les cas mortels, s'épanche à l'intérieur
et ne coule plus par la plaie ouverte... Et encore le sang, on peut l'aspirer en suçant fortement la blessure, mais les sentiments gardés
trop longtemps au dedans de nous semblent
s'y coaguler, et on ne les fait plus reculer,
même en les aspirant par la blessure qu'on a
faite.

Ainsi, quoiqu'elles ne se fussent jamais
quittées, quoique toujours ensemble dans les
menus détails de la vie, ces deux femmes, qui
s'aimaient pourtant, étaient seules et leur isolement n'était qu'un isolement partagé. Madame de Ferjol, qui était une âme forte et qui
voyait toujours dans sa pensée, hallucinée par
le souvenir, l'homme qu'elle avait aimé avec
une ardeur qui maintenant lui semblait coupable, était moins victime de cet isolement
que Lasthénie. Mais pour Lasthénie qui n'a-
vait point de passé, qui arrivait à la vie sensible, à l'épanouissement des facultés qui
dorment encore, mais qui vont s'éveiller, cet

isolement était bien plus profond que pour sa
mère. Elle en souffrait vaguement, il est vrai,
comme d'un malaise bien plus que comme d'une
douleur, parce qu'en elle tout était encore
vague, mais cela allait se préciser... Elle en
avait toujours souffert plus ou moins depuis
le berceau jusqu'à cette heure de la vie, mais
la misère de la condition humaine, c'est de
s'accoutumer à tout. Lasthénie s'était accoutumée à la tristesse de son enfance solitaire,
comme à la tristesse de ce pays où elle était
née et qui lui versait sur la tête sa pauvre
goutte de lumière et lui bouchait les horizons
avec les parois de ses montagnes, — comme
elle s'était accoutumée à la triste solitude de
la maison maternelle; car madame de Ferjol,
qui était riche et d'un temps où les classes qui
allaient disparaître n'avaient pas cessé d'exis-
ter, voyait très peu de ce petit bourg où de
société, il n'y avait vraiment personne pour
une femme comme elle... Quand elle y était
arrivée avec le baron de Ferjol, elle était dans
l'ivresse d'un tel bonheur qu'elle n'en voulut
pas sortir pour le monde. Elle aurait cru
qu'on lui eût pris de son bonheur ou qu'on

l'aurait profané si on l'avait regardé de trop
près... Et quand ce bonheur fut brisé par la
mort de l'homme dont elle avait été éperdue,
elle ne chercha chez personne de consolations.
Elle vécut seule sans affectation de solitude
ou de chagrin, polie avec les autres, mais
de cette froideur souveraine qui éloigne puis-
samment et doucement, sans blesser. La petite
bourgade avait pris très vite son parti de cela.
Madame de Ferjol était trop au-dessus des
gens de ce bourg pour qu'on pût s'y froisser
d'une solitude qu'on expliquait, d'ailleurs, par
le chagrin de la mort de son mari. On croyait
avec raison qu'elle ne vivait que pour sa fille,
et on disait, la sachant riche, et qu'elle avait
de grands biens en Normandie. « Elle n'est
pas d'ici, et quand sa fille sera en âge d'être
mariée, elle retournera dans le pays où elle a
sa fortune. » Aux alentours, il n'y avait point
de partis pour mademoiselle Lasthénie de
Ferjol, et on ne pouvait croire que sa mère
voulût se séparer, par le mariage, d'une fille
dont elle ne s'était jamais séparée, même pour
l'envoyer au couvent de la ville voisine, quand
il avait fallu s'occuper de son éducation. C'é-

tait, en effet, madame de Ferjol qui avait, dans le sens le plus strict du mot, élevé Lasthénie. Elle lui avait appris tout ce qu'elle savait. Il est vrai que c'était peu de chose. Les filles nobles de ce temps-là avaient pour toute instruction de grands sentiments et de grandes manières, et elles s'en contentaient. Lorsqu'une fois elles étaient entrées dans le monde, elle y devinaient tout, sans avoir rien appris. A présent, on leur apprend tout, et elles ne devinent plus rien. On leur oblitère l'esprit avec toutes sortes de connaissances, et on les dispense ainsi d'avoir de la finesse, — cette gloire de nos mères ! Madame de Ferjol, certaine qu'en vivant auprès d'elle, sa fille aurait toujours bien les sentiments et les manières de sa race, tourna surtout sa jeune tête vers les choses de Dieu. Avec la tendresse innée de son âme, Lasthénie devint facilement pieuse. Elle chercha dans la prière l'expansion qu'elle n'avait pas avec sa mère, mais cette expansion devant les autels ne put lui faire oublier l'autre expansion qu'elle n'avait pas... La piété, en cette âme faible et tendre, n'eut jamais assez de ferveur pour lui donner

le bonheur qu'elle donne aux âmes véritable-
ment religieuses.

Il y avait dans cette fille, si virginale pourtant, quelque chose de plus ou de moins que
ce qu'il faut pour être heureuse, seulement
en Dieu et par Dieu. Elle remplissait tous ses
devoirs de chrétienne avec la simplicité de la
foi. Elle suivait sa mère à l'église, l'accompa-
gnait chez les pauvres que madame de Ferjol
visitait souvent, communiait avec elle, les
jours de communion, — mais tout cela ne
mettait pas sur son front mat le rayon qui sied
à la jeunesse! « Tu n'es peut-être pas assez
fervente?... » lui disait madame de Ferjol,
inquiète de cette mélancolie inexplicable avec
une vie si pure. Doute et question sévères!
Ah! cette mère folle à force de sagesse eût
mieux fait de prendre la tête de son enfant
chargée de ce poids invisible qui n'était pas
le poids de ses magnifiques cheveux cendrés
et de la lui coucher sur son épaule, cet oreiller de l'épaule d'une mère, si bon aux filles
pour s'y dégonfler le front, les yeux et le
cœur. Mais elle ne le fit point. Elle se résista
à elle-même. Cet oreiller où l'on dit tout,

même sans parler, manqua toujours à Lasthénie, — et l'épaule d'une amie, puisqu'elle
avait toujours vécu sans autre société que
celle de sa mère, ne le remplaça pas....
Pauvre isolée qui étouffait d'âme et qui, au
moment où commence cette histoire, ne mourait pas encore de cet étouffement!...

III

Le Carême finissait. Il était dix heures du matin. Ces dames de Ferjol étaient rentrées chez elles, après avoir assisté à l'office et au Lavement des Autels, car on était au Samedi Saint qui, comme on sait, est le dernier de la sainte Quarantaine. La maison des dames de Ferjol était sise au centre d'une petite place carrée qui la séparait de cette église du treizième siècle, à la façade romane dans son écrasement énergique, exprimant si bien l'écrasement du Barbare qui s'est jeté à plat ventre, dans une humilité d'épouvante, devant la croix de Jésus-Christ! Cette place, pavée en *têtes de chat*, était si étroite que ces dames, qui hantaient incessamment l'église, leur voi-

sine, pouvaient la traverser, même sans para-
pluie, lorsqu'il pleuvait. Quant à leur maison,
c'était un vaste bâtiment sans style, d'une
époque très postérieure à l'église. Les aïeux
du baron de Ferjol l'avaient habitée pendant
bien des générations, mais elle n'était plus en
harmonie avec les besoins du luxe et les
mœurs de l'époque (expirante alors) qui avait
été le dix-huitième siècle. Habitation antique
et incommode qui eût fait plaisanter les architectes du confort et les architectes de l'agré-
ment ; mais quand on a du cœur, on se moque
de toutes les risées et on ne vend pas ces
maisons-là ! Pour s'en défaire, il faut la ruine,
la ruine désespérée, qui vous y force et qui
vous en arrache : amère angoisse ! Les coins
noirs de ces maisons vieillies, et quelquefois
délabrées, qui ont vu nos enfances, et dans
lesquels les âmes de nos pères sont peut-
être tapies, crieraient contre nous, si nous les
vendions pour le vulgaire et vil motif qu'elles
ne répondent plus au luxe et aux mollesses du
siècle... Madame de Ferjol, qui était d'un
autre pays que les Cévennes, aurait bien pu
se débarasser de cette grande et vaste maison

après la mort de son mari, mais elle aima
mieux la garder et y habiter par respect pour
les traditions de famille de ce mari bien-aimé
et aussi parce que cette grande et hagarde
maison grise avait pour elle, qui seule les
voyait, des murs d'or, comme la Cité céleste,
— d'indestructibles et flamboyants murs d'or
bâtis dans un jour de bonheur par l'Amour !
Construit dans la pensée d'abriter de longues
familles sur lesquelles nos pères avaient la
fierté religieuse de compter, et pour des domestiques nombreux, ce grand logis, vidé par
la mort, paraissait plus vaste encore depuis
qu'il n'était habité que par deux femmes qui
se perdaient dans son espace. Il était froid,
sans aucune bonhomie, imposant, parce qu'il
était spacieux, et que l'espace fait la majesté
des maisons comme des paysages ; mais, tel
qu'il était, ce logement, qu'on appelait dans
le bourg l'*Hôtel de Ferjol*, impressionnait
fortement l'imagination de tous ceux qui le
visitaient, par ses hauts plafonds, ses corridors
entrecoupés et son étrange escalier, raide
comme l'escalier d'un clocher et d'une telle
largeur que quatorze hommes à cheval y pou-

vaient tenir et monter de front ses cent marches. La chose avait été vue, disait-on, au temps
de la guerre des Chemises blanches et de Jean
Cavalier... C'est dans ce grandiose escalier,
qui semblait n'avoir pas été bâti pour la maison,
mais qui était peut-être tout ce qui restait de
quelque château écroulé et que le malheur
des temps et de la race qui aurait habité là
n'avait pas pu relever tout entier dans sa pri-
mitive magnificence, que la petite Lasthénie
sans compagnes et sans les jeux qu'elle eût
partagés avec elles, isolée de tout par le
chagrin et l'âpre piété de sa mère, avait passé
bien des longues heures de son enfance solitaire... La rêveuse naissante sentait-elle mieux
dans le vide de cet immense escalier l'autre
vide d'une existence que la tendresse de sa
mère aurait dû combler, et comme les âmes
prédestinées au malheur, qui aiment à se faire
mal à elles-mêmes, en attendant qu'il arrive,
aimait-elle à mettre sur son cœur l'accablant
espace de ce large escalier, par-dessus l'accablement écrasant de sa solitude ? Habituel-
lement Madame de Ferjol, descendue de sa
chambre et n'y remontant que le soir, pouvait

croire Lasthénie à s'amuser dans le jardin
quand elle, l'enfant, oubliée là, restait assise
de longues heures sur les marches sonores et
muettes. Elle s'y attardait, la joue dans sa
main, le coude sur le genou, dans cette attitude
fatale et familière à tout ce qui est triste et
que le génie d'Albert Durer n'a pas beau_
coup cherchée pour la donner à sa Mélancolie,
et elle s'y figeait presque dans la stupeur de
ses rêves, comme si elle avait vu son Destin
monter et redescendre ce terrible escalier,
car l'avenir a ses spectres comme le passé a
les siens, et ceux qui *s'en viennent* sont peut-
être plus tristes que ceux qui *s'en reviennent*
vers nous... Certes, si les lieux ont une influence, et ils en ont une, à coup sûr, cette
maison, en pierres grisâtres, qui ressemblait
à quelque énorme chouette ou à quelque immense chauve-souris, abattue et tombée, les
ailes étendues, au bas de ces montagnes,
contre lesquelles elle était adossée, et qui n'en
était séparée que par un jardin, coupé, à
moitié de sa largeur, d'un lavoir dont l'eau
de couleur d'ardoise réfléchissait, en noir, la
cime des monts dans sa transparence bleue,

oui, une pareille maison avait dû ajouter son
reflet aux autres ombres d'où émergeait le
front immaculé de Lasthénie...

Pour celui de Madame de Ferjol, rien ne
pouvait en augmenter l'immobile tristesse.
L'influence des lieux ne mordait pas sur ce
bronze, verdi par le chagrin. Après la mort de
son mari, qui avait toujours vécu de la vie
plantureuse d'un gentilhomme riche, et d'ha-
bitudes aristocratiquement hospitalières, elle
s'était tout à coup précipitée dans cette piété
venue de Port-Royal et dont, à cette époque,
la France des provinces portait encore l'em-
preinte. Tout ce qu'elle avait de femme disparut dans cette piété qui ne se pardonne
rien et qui se mortifie. Elle appuya sur cette
colonne de marbre son cœur brûlant, pour le
refroidir. Elle éteignit le luxe de sa maison.
Elle vendit ses chevaux et ses voitures... Elle
congédia ses domestiques, ne voulant conser-
ver auprès d'elle, comme une humble bour-
geoise, qu'une seule servante du nom d'Agathe
qui, depuis vingt ans, avait vieilli à son service,
et qu'elle avait amenée de Normandie. Voyant
cette réforme, les bonnes langues du bourg,

qui était, comme tous les petits endroits, la
boîte à confitures des petits caquets, avaient
accusé Madame de Ferjol d'avarice. Puis,
cette confiture, dégustée d'abord comme une
friandise, s'était candie. Elles n'y touchèrent
plus. Ce bruit d'avarice tomba. Le bien que
Madame de Ferjol faisait aux pauvres, quoique
caché, transpira. Il se fit enfin à la longue,
parmi tous les esprits de bas étage qui habitaient ce fond de bouteille de peu de clarté,
de toutes les manières, une confuse perception
de la vertu et des mérites de cette Madame de
Ferjol qui vivait si continûment à l'écart,
dans la mystérieuse dignité d'une douleur
contenue... A l'église — et on ne la voyait
guère que là, — on regardait de loin, avec
une curiosité respectueuse, cette femme d'un si
grand aspect, en ses longs vêtements noirs,
immobile dans son banc pendant les longs
offices, sous les arceaux abaissés de cette rude
église romane aux piliers trapus, comme si
elle eût été une ancienne Reine Mérovingienne
sortie de sa tombe... C'était en effet, à sa façon,
une espèce de reine... Elle régnait sans le
vouloir, et même sans y penser, sur l'opinion

et sur la préoccupation de ce bourg, qui n'était pas, il est vrai, un royaume. Elle y régnait, et si ce n'était pas comme les anciens rois de Perse, invisibles, et dont elle ne pouvait avoir l'invisibilité absolue, c'était du moins un peu comme eux, par l'éloignement dans lequel elle se tint toujours au sein etroit de ce petit monde, avec qui elle ne se familiarisa jamais.

Pâques, cette année-là, tombait haut dans le mois d'avril, et ce jour de Samedi-Saint était, chez ces dames de Ferjol, une de ces journeés d'occupation domestique, qui sont en province presque solennelles. On y faisait ce qu'on appelle « la lessive du printemps ». En province, la lessive, c'est un événement. Dans les maisons riches, qui coutumièrement ont beaucoup de linge, on la fait au renouvellement des saisons et cela s'appelle « la grande lessive ». — « Vous savez, madame une telle fait sa grande lessive, » se dit-on, comme la nouvelle d'une grande chose, dans les maisons où l'on va, le soir. Ces grandes lessives se font à pleines cuvées ; les petites pour le train-train ordinaire de la maison se font « à baquet ». « *Avoir les lessivières* » est une expression

consacrée pour dire une des circonstances des
plus graves, des plus importantes et quelquefois des plus orageuses, car pour la plupart,
les lessivières sont des commères d'un gouvernement difficile. Gaillardes souvent d'humeur peccante, d'âpre appétit, de soif cynique,
à qui les ongles ne se sont pas ramollis dans
l'eau qu'elles brassent, à cœur de journée, et
dont les gosiers d'acier font de terribles dessus
au claquement de leurs battoirs ! « *Avoir chez
soi les lessivières* » est une perspective qui
donne généralement un petit froid dans le dos
aux maîtresses de maison les plus maîtresses
femmes... Seulement, ce jour-là, madame de
Ferjol ne les avait plus... Elles étaient passées
comme une trombe dans les solitudes de
« l'hôtel de Ferjol », dont pendant quelques
jours elles avaient violé outrageusement le
silence. On était au lendemain de ces bru-
yantes Assises de lavoir... C'était le jour où
« l'on étendait », comme on dit encore en
province, et pour ramasser le linge mis à
sécher sur des cordeaux dans le jardin, la
vieille Agathe et la blanchisseuse « à l'année »
de la maison suffisaient. Elles avaient donc

toutes les deux, dès la pointe du matin, vagué
et saboté, en le ramassant, dans les allées du
jardin, pavoisées de draps et de serviettes,
qui faisaient aux yeux et aux oreilles l'effet
et le bruit de drapeaux gonflés et flottants;
et successivement, elles l'avaient apporté et
empilé sur des chaises et sur la table ronde
de la salle à manger, où ces dames de Ferjol
devaient les plier, quand elles seraient revenues
de l'Office. Ces dames ne laissaient ce soin à
personne. Madame de Ferjol avait le goût des
Normandes pour le linge et elle l'avait donné
à sa fille. Elle lui préparait de longue main un
trousseau superbe pour le jour où elle la
marierait. Rentrées donc chez elles, elles se
placèrent avec empressement, comme à une
tâche agréable, en face l'une de l'autre, à la
table ronde, faite d'un lourd acajou ronceux,
de la salle à manger et elles se mirent à plier
des draps, de leurs quatre mains aristocra-
tiques, comme de simples ménagères, quand
Agathe entra dans la salle, un flot de linge
séché sur l'épaule, qu'elle versa sur la table
comme une avalanche.

— Sainte Agathe! — (c'était son juron.

Peut-on dire cela d'une dévote qui, à tout bout de champ, exclamait et invoquait sa patronne?...) Sainte Agathe, ça pèse-t-il, dit-elle. En voilà un tas! et blanc! une neige! et sec! et sentant bon? C'est plus que vous n'en pourrez plier d'ici le dîner, madame et mademoiselle! Mais aujourd'hui le dîner peut attendre... Vous n'avez jamais faim ni l'une, ni l'autre et le capucin est parti! Et parti, bien sûr, pour ne pas revenir... Ah! sainte Agathe! il paraît qu'ils s'en vont comme ça, les capucins! sans dire ni bonjour ni bonsoir aux gens qui les hébergent!

La vieille Agathe, fille trois fois majeure, qui avait été une belle fille, blanche et rose — couleur de pommier en fleurs — comme le Cotentin en produit, et qui avait accompagné sa jeune et amoureuse maîtresse dans les Cévennes, quand le baron de Ferjol l'avait si scandaleusement enlevée, la vieille Agathe avait son franc parler avec ces dames de Ferjol. Elle l'avait conquis. Elle l'avait, pour trois raisons dont l'enlèvement de Mlle Jacqueline d'Olonde, à laquelle elle s'était assez dévouée, — comme elle disait : pour s'être « mise

dans les langues du pays à cause d'elle » —
était la première, et dont les deux autres
étaient d'avoir élevé Mlle de Ferjol et d'être
restée dans ce « trou de marmotte » qu'elle
détestait; car elle ruminait éternellement sa
patrie, cette fille du pays des grands bœufs
et des vastes herbages! C'était enfin d'avoir
vécu de cette vie en commun qui devient
moralement plus étroite, à mesure qu'on
est moins à la partager. Malgré la bonhomie
qu'ont, avec les petites gens, les êtres fiers à
l'âme élevée, car la fierté n'est pas toujours
de l'élévation, si Mme de Ferjol, qui les avait
eus, n'eût pas congédié ses vingt domestiques,
la vieille Agathe, respectueuse au fond, mais
familière dans la forme, n'aurait peut-être
pas eu autant de hardiesse et de franc parler
qu'elle en avait.

— Mais, Agathe, que dites-vous donc là?
— dit Mme de Ferjol avec un grand calme, —
parti! Le Père Riculf! Y songez-vous, ma
fille?... C'est aujourd'hui le Samedi-Saint et
il doit prêcher aux Vêpres de demain, jour de
Pâques, le sermon de la Résurrection qui clôt
toujours la prédication du Carême!

— Ça n'y fait rien — dit la vieille fille, qui était obstinée, — et on voyait bien qu'elle l'était à son accent normand qu'elle n'avait jamais perdu et à sa coiffe normande qu'elle avait impertubablement gardée, — que oui ! Je sais ce que je dis. Il est bien et dûment parti ! A matin, on ne l'a vu brin à l'église, m'a conté le bedeau qui est venu, tout essoufflé, me le demander parce qu'il y avait toute une poussée de monde qui se bousculait à son confessionnal pour la Communion de demain, mais bien entendu que je n'ai pas pu le lui donner ! Je l'avais vu dévaler, dès la petite pointe du matin, par le grand escalier, son capuchon planté sur sa tête et à la main son bâton de voyage qu'il laissait d'ordinaire derrière la porte de sa chambre. Il était passé droit comme un I à côté de moi, qui montais quand lui descendait... sans me dire seulement un mot de politesse, et les yeux baissés qu'il a pires, — m'est avis, — quand il les baisse que quand il les lève. Surprise de ce bâton qu'il ne pouvait avoir pris pour aller dire la messe à quatre pas d'ici, je me suis retournée pour le voir descendre, et der-

rière ses talons, je suis redescendue pour
guetter, de la porte, où il pouvait aller comme
ça, à si bonne heure ! Eh bien, je l'ai vu prendre la route qui passe au pied du Grand Cal-
vaire, et je vous jure que s'il a toujours
marché du pas qu'il avait, il doit être bien
loin d'ici maintenant, lui et ses sandales.

— C'est impossible, — dit madame de Ferjol. Parti !...

— Comme la fumée de ma cuisine, interrompit Agathe, et sans faire plus de bruit !

Et c'était vrai. Il était réellement parti.
Mais ce que ces dames ne savaient pas, ce
que la vieille Agathe ignorait, c'est que telle
était la coutume des capucins, de s'en aller
ainsi des maisons qui leur avaient été hospitalières. Ils s'en allaient comme la mort et
Jésus-Christ viennent. Ils viennent, — disent
les Livres Saints, — comme des voleurs...
Eux, ils, s'en allaient comme des voleurs.
Quand, le matin, on entrait dans leur chambre, on les eût crus évaporés. C'était leur
coutume et c'était leur poésie ! Chateaubriand,
qui se connaissait en poésie, n'a-t-il pas dit
d'eux : « Le lendemain, on les cherchait, mais

ils s'étaient évanouis, comme ces Saintes Apparitions qui visitent quelquefois l'homme de bien dans sa demeure. »

Mais Chateaubriand et son « *Génie du Christianisme* » n'existaient pas au moment où s'ouvre cette histoire, — et ces dames de Ferjol n'avaient jusqu'alors reçu chez elles que des religieux d'Ordres moins poétiques et moins sévères, qui, hors de l'église, se retrouvaient gens du monde et qui ne partaient pas des maisons où ils avaient été reçus, sans toutes les révérences de rigueur.

Seulement le Père Riculf n'était point assez dans les bonnes grâces de ces dames, pour qu'elles fussent blessées, comme Agathe, de la silencieuse soudaineté de son départ. Il s'en allait ; eh bien ! qu'il s'en allât ! Il les avait plus gênées qu'il ne leur avait été agréable, tout le temps qu'il était demeuré chez elles. Leur deuil serait léger. Une fois parti, elles n'y penseraient plus. Mais la vieille Agathe avait, elle, des ressentiments plus profonds. Le Père Riculf était, pour elle, ce quelque chose d'inexplicable et d'absolu, qu'on appelle une antipathie.

— Nous en v'là donc délivrées ! dit-elle.
Elle se reprit cependant : J'ai peut-être tort,
fit-elle, de parler, comme je fais là, d'un homme
de Dieu ! Mais, Sainte-Agathe, c'est plus fort
que moi. Il ne m'a rien fait, mais j'ai de mauvaises idées sur ce capuchon-là... Ah ! quelle
différence avec les prédicateurs qui sont
venus ici les autres années, si affables, si
apostoliques, si bons au pauvre monde !
Tenez, madame, vous souvenez-vous de ce
prieur des Prémontrés, d'il y a deux ans ?
Était-il doux et charmant, celui-là ! Tout
en blanc, jusqu'aux souliers, comme une
mariée, à qui le Père Riculf, avec son froc
de couleur d'amadou, ressemble, comme un
loup ressemble à un agneau !

— Il ne faut avoir de mauvaises idées sur
personne, Agathe, dit gravement Mme de
Ferjol pour l'acquit de sa conscience de
dévote, et qui peut-être se faisait son procès
à elle-même tout en le faisant à la vieille servante. Le Père Riculf est un prêtre et un
religieux de beaucoup d'éloquence et de foi,
et, depuis qu'il est avec nous, nous n'avons
surpris ni dans sa conversation ni dans sa

conduite la moindre chose qu'on pût retourner contre lui. Vous n'avez donc aucune raison, Agathe, pour en mal penser. N'est-ce pas, Lasthénie ?...

— C'est vrai, maman, dit Lasthénie de sa voix pure. Mais ne grondez pas trop Agathe. Nous avons dit bien des fois, entre nous, que le Père Riculf avait quelque chose d'inquiétant et d'impossible à définir... A quoi cela tient-il?... On ne pense pas de mal. Mais on ne se fie pas. Vous, qui êtes si forte et si raisonnable, maman, vous n'avez pas voulu aller à confesse à lui plus que moi.

— Et nous avons eu peut-être tort toutes les deux! répondit la sévère femme, dont le jansénisme remontait sans cesse dans la conscience pour la troubler. Il aurait mieux valu se vaincre, car écouter les sentiments sans raison qui nous empêchaient d'aller nous agenouiller à ses pieds, c'était déjà une condamnation dans l'intérieur de nos âmes, que nous n'avions pas le droit de prononcer.

— Ah ! dit naïvement la jeune fille, jamais je n'aurais pu, maman !... Il me faisait, cet homme, une peur que je n'aurais jamais dominée.

— Il ne parlait que de l'Enfer ! Il avait toujours l'Enfer à la bouche ! dit Agathe haletante, comme si elle eût voulu justifier la peur que le P. Riculf inspirait à la jeune fille. Jamais on n'a tant prêché sur l'Enfer. Il nous damnait toutes... J'ai connu un prêtre dans mon pays, il y a bien des années, qu'on appelait aux Augustines de Valognes le Père l'Amour, parce qu'il ne prêchait que l'amour de Dieu et le Paradis. Mais, Sainte-Agathe ! ce n'est pas le Père Riculf qu'on appellera jamais de ce nom-là !

— Allons, taisez-vous ! fit Mme de Ferjol, qui voulait que l'entretien cessât, parce qu'il offensait la charité. S'il rentrait, le Père Riculf, car je ne puis croire qu'il soit parti la vieille de Pâques, il nous trouverait jasant de lui, ce qui n'est pas convenable. Tenez, Agathe, puisque vous dites qu'il n'y est pas, montez à sa chambre, vous trouverez peut-être son bréviaire oublié sur quelque meuble et qui vous dira qu'il n'est pas parti.

Et elles restèrent seules, la fille et la mère.

Agathe partit, non sans empressement, où sa
maîtresse l'envoyait. Les deux dames n'ajou-
tèrent pas un mot sur l'énigmatique capucin,
dont on n'avait rien à dire et dont on craignait
de trop penser, et elles reprirent lentement leur
tâche interrompue. Très simple spectacle
d'intérieur que celui de ces deux femmes,
dans cette haute et vaste salle, entourées de
partout de monceaux de linge blanc, qui
« sentait bon, » comme l'avait dit Agathe, et
qui jetait autour d'elles ce frais parfum de
rosée et des haies sur lesquelles il avait séché,
et qu'il garde dans ses plis comme une âme.
Elles étaient silencieuses, mais attentives
à ce qu'elles faisaient... regardant de temps
en temps l'ourlet des draps pour les plier dans
le bon sens, chacune passant une main sur
la moitié de leur longueur, et pour en effacer
les faux plis, les frappant tour à tour de leurs
deux belles mains, l'une blanche, l'autre rose:
rose chez la fille, blanche chez la mère...
Elles avaient toutes les deux leur genre de
beauté, comme leurs mains. Lasthènie (ce
muguet!) délicieuse dans sa robe d'un vert
sombre qui faisait autour d'elle comme les

feuilles dont son blanc visage était la fleur,
avec sa tête mélancolique, rendue plus mélancolique par ses cheveux cendrés, car la cendre est un signe de deuil, puisque, autrefois,
dans des jours d'affliction, on se la mettait
sur la tête, et Mme de Ferjol, dans sa robe
noire, sous son austère bonnet de veuve et
ses cheveux relevés sur les tempes avec leurs
larges empâtements de céruse sur leur masse
sombre, et gouachés moins par les années
que par le chagrin.

Tout à coup la vieille Agathe rentra dans
la salle. — Je le crois tout de même parti,
dit-elle, car j'ai *cherché chercheras-tu*, et
n'ai trouvé que ceci qu'il n'a pas emporté.
Ne laissent-ils pas tous quelque chose quand
ils s'en vont, les prédicateurs? Les uns donnent des images, les autres des reliques.
C'est une manière de remercier de l'hospitalité
qu'ils ont reçue. Lui, il a laissé ceci, pendu
au crucifix de son alcôve. A-t-il eu la pensée
de le donner, ou l'a-t-il oublié en s'en allant?

Et elle déposa sur le drap qu'elles pliaient,
un pesant chapelet, comme ils en portaient à
leur ceinture, les capucins.

Il était d'ébène, et entre les dizaines noires, il y avait pour les séparer une tête de mort, en ivoire jauni, qui faisait la tête de mort, plus *tête de mort* encore par sa couleur, comme si elle eût été depuis plus longtemps déterrée.

Madame de Ferjol avança la main, — prit le chapelet avec respect, et après l'avoir regardé, le glissa sur le drap, plié devant elle.

— Tiens ! dit-elle à sa fille.

Mais Lasthénie, en le prenant, sentit se crisper ses doigts et elle le laissa échapper. Etaient-ce les têtes de mort qui agissaient sur les nerfs de la trop sensible fillette ?...

— Garde-le pour toi, maman, — fit-elle.

O instinct ! instinct ! Le corps en sait parfois plus long que la pensée ! Mais Lasthénie, en ce moment, ne pouvait pas savoir la cause de ce que ses doigts charmants venaient d'éprouver.

Quant à la vieille Agathe, elle a toujours cru — avant comme après cette histoire — que le chapelet qui avait roulé dans les mains du redoutable capucin, et sur les grains duquel il avait laissé son influence, était

comme ces gants dont il est question dans
les Chroniques du temps de Catherine de
Médicis, dont elle n'avait jamais entendu parler, la pauvre servante! Elle crut toujours
qu'il était contagieusement empoisonné.

IV

Midi sonna cependant, et le P. Riculf
ne rentra pas à l'hôtel de Ferjol. Agathe ne
s'était pas trompée. Il était parti. La foule
de ceux qui l'attendaient dans la chapelle
Saint-Sébastien, autour de son confessionnal,
l'attendit en vain. Ce fut un scandale, et c'en
fut un autre le lendemain, dans cette bourgade, astreinte aux vieilles coutumes, quand
le curé fut obligé de remplacer le prédicateur qui avait prêché le Carême pour prêcher,
entre Vêpres et Complies, la Résurrection.
Seulement l'impression de cette étonnante
départie ne dura pas. Est-ce que quelque
chose dure ?... Les jours — cette pluie

des jours qui tombe sur nous goutte à goutte —
emporta cette impression comme la pluie,
aux premiers jours d'automne, emporte les
feuilles sur lesquelles elle a glissé. La vie
monotone, dont la présence du P. Riculf chez
ces dames de Ferjol avait coupé le flot sta-
gnant, recommença. Leurs lèvres désappri-
rent son nom. Y pensèrent-elles sans en parler?... Dieu seul le sait. Cette histoire,
sans nom, est obscure... mais l'impression
causée par cet homme qu'on n'oubliait *plus*
quand on l'avait vu, devait être profonde —
et elle était d'autant plus profonde qu'on ne
pouvait s'expliquer pourquoi on ne l'oubliait
pas !... Il avait été, ces quarante jours,
froid et respectueux avec ces dames, et d'une
correction dans ses rapports journaliers avec
elles qui prouvait beaucoup de discernement
et de tact. Mais il était resté naturellement et
strictement fermé sur lui-même. Quels avaient
été son passé? sa vie? son éducation? sa
naissance ? tous sujets que madame de Ferjol
effleura, mais cessa d'effleurer, en vraie femme
du monde, quand elle vit que l'homme était
de marbre, et comme le marbre, glacé, impé-

nétrable et poli. On ne voyait jamais de lui que le capucin.

Les Capucins n'étaient plus alors ce qu'ils avaient été autrefois. Cet ordre, sublime d'humilité chrétienne, avait perdu de sa sublimité. On était à la veille des plus mauvais jours. L'Épicurisme incrédule du règne de Louis XV qui traîna longtemps dans le règne de Louis XVI, avait tout énervé, doctrines et mœurs, et les Ordres les plus renommés par leur sainteté n'avaient plus cette austérité qui les rendait si imposants, même aux impies. L'opinion procédait déjà au décloîtrement universel qui jeta tant de religieux sur le pavé de tous les vices... Les Vocations que l'on croyait les plus solides étaient ébranlées... Mme de Ferjol se souvenait d'avoir rencontré dans la petite ville où elle avait dansé ses premières contredanses avec cet adorable officier blanc de baron de Ferjol, un capucin, d'une beauté qu'il était impossible de ne pas remarquer, quoiqu'il fût capucin, et qui — venu, comme le Père Riculf pour prêcher un Carême, — avait osé afficher la coquetterie d'un petit-maître sous les habits de la pau-

vreté et du renoncement... On le disait d'une
très haute naissance, et cela avait rendu
peut-être la société noble, qui dans ce pays-là,
a continué pourtant d'être sévère, indulgente
à ce scandaleux capucin qui avait un soin
presque féminin de sa personne, parfumait
sa barbe, et portait, en guise de cilice, des
chemises de soie par-dessous la bure de son
froc. Mme de Ferjol, à cette époque-là
Mlle d'Olonde, l'avait vu dans le monde où
il allait faire son whist, le soir madrigalisant
avec les femmes, et chuchotant souvente fois,
dans des coins de salon, tout bas à leur
oreille, comme un de ces cardinaux romains
dont parle le président Dupaty, en son *Voyage
d'Italie,* qu'on lisait beaucoup dans ce temps-
là. Mais quoique plusieurs années eussent
ajouté à la corruption générale et au ramol-
lissement qui allait prochainement tout dis-
soudre et faire couler, comme une fange, le
bronze antique et solide de la France, dans le
dépotoir de la Révolution, le P. Riculf ne
ressemblait pas à ce capucin de salon. Il ne
transpirait rien des vices de son temps. Il
semblait du Moyen Age, comme son nom.

S'il avait eu l'inconvenante mondanité, si déplacée dans un religieux, Mme de Ferjol aurait su pourquoi il lui inspirait ce sentiment de répulsion qu'elle se reprochait, et comme Lasthénie et comme Agathe, aussi affirmative dans son antipathie, mais tout aussi ignorante de cette antipathie sans cause apparente, Mme de Ferjol ne le savait pas.

Mais y pensaient-elles, — elle et sa fille?... Il semble bien difficile qu'elles n'y pensassent pas... Il était pour elles un mystère. Un mystère, c'est la plus profonde chose qu'il y ait pour l'imagination humaine... Le mystère, c'est la religion pour les peuples, mais c'est la religion aussi pour nos pauvres cœurs... Ah! ne vous laissez jamais connaître entièrement, vous qui voulez être toujours aimés de celles qui vous aiment! Que même dans vos baisers et dans vos caresses, il y ait encore un secret! Tout le temps qu'il habita chez elles, le P. Riculf fut pour ces dames de Ferjol un mystère, mais il dut en être un bien plus grand, quand il fut parti. Tout le temps qu'il avait été là, en effet, elles pouvaient croire qu'à un certain

moment elles le pénétreraient; mais parti,
il restait indéchiffrablement une énigme et
rien ne tourmente plus longtemps la pensée
que ce qu'on n'a pas deviné.

Et du dehors, pas une lueur ! Rien pour
ces dames de Ferjol ne vint éclairer rétros-
pectivement l'apparition de cet homme, qui
était sorti, un matin, de leur vie et de leur
maison, comme il y était entré, un soir, —
sans qu'on sût d'où il était parti, quand il
vint, et sans qu'on sût davantage où il était
allé, quand il fut parti ! C'était la justifica-
tion du mot de la Bible : « Dites-moi d'où il
vient et je vous dirai où il est allé ? » Il
n'avait pas dit d'où il venait... Il était d'un
couvent lointain, et il vaguait par toute la
France comme tous ceux de son Ordre que les
impies traitaient avec mépris de vagabonds.
En disparaissant de la bourgade où il avait
prêché ses quarante jours, il n'avait pas dit où
il allait porter ses prédications éternelles...
Il s'en était allé comme la poussière dans le
vent... Nulle des villes circonvoisines de la
bourgade qu'il venait de secouer par la force
de son éloquence, ne vit, un soir, se lever

dans la chaire d'une de ses églises, ou passer, le matin, dans ses rues, cet extraordinaire capucin, qui ne pouvait passer nulle part sans attirer le regard et sans le fixer, tant il était majestueux et hautain dans sa robe rapiécée ! tant il était digne d'inspirer le mot qu'un grand poète moderne a dit d'un autre capucin : « Il semblait l'Empereur même de la Pauvreté ! » Sans doute, il s'en était allé dans des pays assez éloignés pour qu'on n'entendît plus jamais parler de lui, qui pourtant devait laisser partout un souvenir profond de son passage et qui paraissait même bien capable, avec la mine qu'il avait, d'en laisser un dévastateur !

En avait-il laissé un pareil quelque part ?... Il était jeune d'apparence, mais il y a des âmes terriblement vieilles dans des êtres qui semblent jeunes encore, et s'il n'en avait laissé jusque-là nulle part, devait-il en laisser un dans cette bourgade et dans l'âme de cette pauvre Lasthénie de Ferjol, qui tremblait comme une feuille devant lui, et à qui son départ causa le sentiment d'une délivrance et le bien-être d'une dilatation ?... Il avait

toujours été pour elle ce que les jeunes filles
appellent « leur cauchemar », quand elles
ont des antipathies, — et si Lasthénie ne
l'appelait pas ainsi, c'est que l'énergie manquait à son langage comme à sa personne. Fille charmante, mais débile, ayant
comme la fatalité de sa faiblesse, Lasthénie
fut heureuse de ne plus sentir la présence
de l'homme qui lui faisait, sans raison,
mais invinciblement, l'effet d'un fusil chargé
dans un coin. Le fusil n'y était plus. Elle
en fut heureuse, mais il y a des bon-
heurs qui mentent ! Mais si réellement
elle en fut heureuse, pourquoi le bonheur de
cette délivrance n'éclaira-t-il pas un visage
qui depuis bien peu de temps avait le pli d'on
ne savait quelle horreur secrète, entre ses
longs sourcils, d'ordinaire si tristes, mais si
placides ?... Mme de Ferjol, à l'âme robuste
et au bon sens normand, voyait les choses de
trop haut et de trop d'ensemble pour éplu-
cher le front de sa fille et y apercevoir les
rides d'eau douce qui se creusaient quelquefois sur ce front de rêveuse, aussi pur qu'un
lac mélancolique ; mais Agathe, elle, Agathe,

la servante, les voyait. — La haine d'instinct
qu'elle portait à ce *bouffre* de capucin,
comme elle disait pour ne pas dire un autre
mot, qui lui semblait un gros péché, — et de
fait, il en exprimait un ! — lui aiguisait le
regard et le lui rendait d'une sagacité qui
manquait à cette mère, étouffée par l'épouse,
— une inconsolable épouse en deuil ! Si au
lieu d'être Normande, Agathe avait été Ita-
lienne, elle aurait cru au *mauvais œil* !...
Elle aurait pensé à cette *jettatura* mystérieuse avec laquelle ces passionnés Italiens,
qui ne croient qu'à l'amour et à la haine,
expliquent un malheur qu'ils ne comprennent
pas ; astrologues singuliers qui mettent dans
des yeux humains la bonne ou la mauvaise
étoile de la vie, aussi insensés que ceux-là
qui la mettent dans le cours des astres ! Mais
les superstitions du pays d'Agathe avaient
un autre caractère. Elle croyait aux sorts
invisibles, — aux maléfices qu'on ne voyait
pas... Ce Père Riculf « sur lequel elle avait
de mauvaises idées », elle le soupçonnait
d'être bien capable d'en jeter un, et de l'avoir
jeté à Lasthénie. Et pourquoi à Lasthénie, à

cette fille aimable et innocente ?... Et justement parce qu'elle était aimable et innocente,
et que le Démon, qui fait le mal pour le mal,
hait particulièrement l'innocence, — parce
que, ange tombé, il est surtout jaloux de ceux
qui restent dans la lumière. Or, pour Agathe, Lasthénie était un ange qui n'avait
jamais cessé sur la terre d'habiter la lumière
du ciel...

Sous l'empire de cette idée d'un « sort »,
la vieille servante, avait emporté et caché le
chapelet noir aux têtes de mort, que les doigts
de Lasthénie avaient un jour touché avec une
crispation qu'Agathe, elle, n'avait pas oubliée, et elle avait traité ce chapelet comme
une chose sainte profanée. Le feu purifie
tout. Elle l'avait pieusement brûlé... Mais
« le sort » n'en était pas moins en Lasthénie,
— s'imaginait Agathe. Les sorts qui viennent
de l'enfer, où tout brûle, doivent ressembler
aux brûlures qui s'enfoncent et creusent dans
la chair et, de même, ils doivent s'enfoncer
et creuser dans l'âme... C'est là ce qu'elle se
disait, la superstitieuse Agathe, quand elle
servait à table, et que derrière la chaise de

madame de Ferjol, où elle se tenait, la ser-
viette sur le bras, et une assiette contre la
large bavette de son tablier, elle regardait lon-
guement Lasthénie, placée en face de sa mère
et qui ne mangeait pas, le visage de jour en jour
plus pâle... La beauté délicate de cette enfant
commençait même de s'altérer. Il y avait à
peine deux mois que le P. Riculf était parti, et le
mal qu'il avait apporté dans cette maison, s'y
précisait... La graine diabolique qu'il y avait
semée, selon Agathe, commençait de lever !...
Ce n'était, il est vrai, ni étonnant, ni effrayant que Lasthénie fût triste. Elle l'avait
toujours été. Elle était née dans cet affreux
pays détesté par Agathe, où, à midi encore,
il ne faisait pas jour, et où elle avait vécu
avec une mère qui ne pensait qu'au mari
qu'elle avait perdu et qui n'avait jamais eu
pour elle un mot de tendresse. Sans moi,
ajoutait Agathe, en elle-même, — la *chérie*
n'aurait jamais souri. Elle n'aurait jamais
montré ses jolies dents à personne, mais ce
n'est plus seulement de la tristesse, ce qu'elle
a maintenant, c'est un sort, et *un sort, c'est
la mort,* disent les complaintes de mon pays ! »

5

Tels étaient les monologues intérieurs d'A-
gathe... « Souffrez-vous, mademoiselle? » de-
mandait-elle souvent à Lasthénie, avec une
inquiétude dans laquelle on sentait l'épouvante, malgré les efforts qu'elle faisait pour
ne pas trahir les pensées *qui lui battaient
dans la cervelle*, et Lasthénie répondait
toujours avec une bouche pâle qu'elle ne
souffrait pas. Mais c'est l'histoire de toutes
les jeunes filles, ces douces stoïques, de répondre qu'elles ne souffrent pas, quand elles
souffrent... Les femmes sont si bien faites
pour la souffrance ; elle est si bien leur destinée ; elles commencent de l'éprouver de si
bonne heure et elles en sont si peu étonnées,
qu'elles disent longtemps encore qu'elle n'est
pas là, quand elle est venue !

Et elle était venue. Lasthénie, évidem-
ment, souffrait. Ses yeux se cernaient. Le
muguet de son teint avait des meurtrissures,
et le pli de ses sourcils sur son front d'opale
n'était pas seulement le sillage d'une rêverie
qui passe... Il exprimait quelque chose de
plus. Sa vie extérieure n'avait pas changé.
C'était toujours la même routine d'occupa-

tions domestiques, les mêmes travaux à l'aiguille dans l'embrasure de la même fenêtre,
les mêmes visites à l'église, avec sa mère, et
avec sa mère encore quelques promenades le
long de ces montagnes, aux pentes vertes, sur
lesquelles tressaillent ces ruisseaux qui se
gonflent ou se dégonflent, selon les saisons,
mais ne cessent jamais d'en descendre. Elles
s'y promenaient souvent le soir — l'heure des
promenades par toute la terre. Mais elles,
ce n'était pas comme les habitantes plus heureuses des plaines et des rivages, pour voir
se coucher le soleil. Il n'y avait pas de soleil
dans ce pays d'entre-montagnes, qui faisaient
un écran éternel contre ses rayons. On aurait
pu l'apercevoir de leurs cimes, se couchant
à l'horizon; mais il aurait fallu monter jusque-là, et c'était bien haut !... Dans leurs plus
longues rôderies, ces dames n'allaient guère
qu'à mi-chemin. Ces montagnes au sol gras,
et qui n'ont rien de la maigreur et de la
chaude rousseur des Pyrénées, avaient, le
soir, avec le tapis de prairie qui les couvre,
leurs boules de buissons, foisonnant par
places, leurs arbres vigoureux qui se penchent,

se tordent ou s'échevèlent sur leurs pentes,
un caractère qui s'accordait bien, qui s'accordait un peu trop peut-être aux pensées et aux
sensations des deux tristes promeneuses. La
nuit qui tombait fonçait d'une nuance plus
sombre ou pointait d'étoiles l'orbe bleu
qu'elles avaient sur leurs têtes, et s'il y avait
lune, cette lune, qu'on ne voyait pas, éclai-
rait d'une pâle lueur lactée la pauvre lucarne
du ciel, par laquelle le regard, en montant,
pouvait s'attester qu'il y en avait un... Comme
tous les paysages qui, le soir, ont leur fan-
tastique, ce paysage avait aussi le sien. Ces
montagnes circulaires, aux sommets qui se
baisaient presque, pouvaient faire à l'imagination l'effet d'un cercle de Fées-Géantes
debout, se parlant tout bas à l'oreille, comme
des femmes levées après une visite, qui vont
s'embrasser dans les derniers mots qu'elles se
disent et partir... Et cela le rappelait d'autant
plus que les vapeurs s'élevant du sol et de
toutes ces eaux courantes qui en arrosent
l'herbe, mettaient comme un blanc burnous
de brouillard nacré sur les vastes robes vertes
de ces Fées géantes, bouillonnées de l'argent

des ruisseaux... Seulement, elles ne partaient
pas. Elles restaient à la même place et on les
y retrouvait le lendemain... Les dames de
Ferjol ne rentraient guère de ces promenades vespérales qu'à l'heure où elles enten-
daient s'élever l'*Angelus* sous leurs pieds et
monter vers elles du fond de cette petite
vallée où s'accroupissait la noire Église romane, qui sonnait ce que Dante appelle
« l'agonie du jour qui se meurt. » Elles
redescendaient alors dans la bourgade enté-
nébrée, et gagnaient cette église qui ressemblait à un tombeau, où elles avaient la
coutume d'aller faire leur prière du soir,
avant de souper.

Quelquefois, Lasthénie se risquait seule en
ces promenades, quand madame de Ferjol,
pour une raison ou pour une autre, était re-
tenue à la maison. A cela, il n'y avait pas
d'imprudence. Le pays était sûr, et sa sûreté
venait surtout de son isolement. Il ne passait
guère d'inconnu ou de suspect, dans ce
creux, strictement fermé de toutes parts, où
vivait, comme une espèce de Troglodytes,
une population sédentaire, dont beaucoup

n'étaient jamais sortis de cet anneau de montagnes, comme s'ils eussent été pris d'un
charme étrange au centre de cette bague som-
brement enchantée ! C'était de l'autre côté
du versant intérieur de ces montagnes que
passaient, traversant la France, dont le Forez
est un des centres, des voyageurs, des mendiants et des rôdeurs de toute espèce, qui
pouvaient être, pour une jeune fille, de mauvaises rencontres; mais de ce côté-ci, il n'y
avait que les gens de cette petite vallée,
étroite, noire et humide comme un puits.
D'ailleurs, ces dames de Ferjol étaient
presque superstitieusement respectées. Lasthénie aurait pu nommer par leur nom tous
les petits pâtres qui suspendaient leurs chèvres
aux pâturages aériens de ces montagnes,
toutes les vachères qui allaient traire, le soir,
dans les prés en pente, tous les pêcheurs de
truites qui les prenaient au fil des cascatelles,
et qui en rapportaient des paniers pleins,
dont ils alimentaient la contrée, comme les
pêcheurs de saumon en nourrissent l'Écosse.
Madame de Ferjol n'était, du reste, jamais
éloignée pour longtemps de sa fille. Elle la

rejoignait d'autant plus aisément que, quand
on s'était dit où l'on irait, il était facile de se
voir, de loin, sur le penchant de ces monts
qui faisaient amphithéâtre, — et même des
fenêtres de la grande maison grise de madame
de Ferjol, qui n'avaient pour perspective que
ces montagnes s'élevant, escarpées et droites,
à trois pas des yeux, comme un mur ver-
doyant d'espalier.

Un soir, Lasthénie y était, qu'elle revint
vite, fatiguée, languissante, toujours plus
changée. Le mal intérieur s'aggravait. Elle
était changée, non pas d'un changement
appréciable seulement aux observateurs qui
voient tout, mais d'un changement hagard et
dur, visible à tout le monde. Avec Agathe qui
lui demandait toujours infatigablement comment elle allait, elle ne niait plus son immense
malaise. Seulement elle ne s'expliquait pas sur
ce qu'elle éprouvait. Elle se contentait de
dire : « Je ne sais pas ce que j'ai, ma pauvre
Agathe!... » Sa mère qui ne voyait rien,
perdue qu'elle était dans ses dévotions et le
souvenir de son mari qui dévorait sa vie,
commença d'*entrevoir* ce soir-là... Lasthénie,

qui savait que sa mère devait la prendre après
sa prière à l'église, au déclin du jour, dans
la montagne, vint à l'église, n'ayant plus le
courage d'attendre, tant elle souffrait dans
tout son être ! Quand elle y entra, elle vit de
dos madame de Ferjol agenouillée dans le
confessionnal, et elle s'assit sur le banc,
derrière elle, écrasée de fatigue. Était-ce
d'avoir trop marché ? L'église toujours sombre
entrait dans une obscurité grandissante. Ses
vitraux n'avaient plus de lueur. Cependant,
quand madame de Ferjol sortit du confessionnal, l'heure du souper n'étant pas encore
sonnée, elle dit à Lasthénie : « C'est demain
fête... pourquoi ne communierais-tu pas avec
moi demain, et n'irais-tu pas à confesse pendant que je fais mon action de grâces ? Tu as
bien le temps. » Mais Lasthénie dit que non...
qu'elle n'était pas préparée... et elle resta à sa
place, assise, sans prier, pendant que madame de Ferjol, à genoux sur la dalle, faisait
sa prière... Elle était anéantie, et elle avait,
en ce moment-là, l'indifférence de l'anéan-
tissement. Ce refus de se confesser et de
communier étonna madame de Ferjol, qui ne

voulut point insister de peur de rencontrer
une résistance qui l'aurait irritée (elle se connaissait bien !) et elle accepta comme une
pénitence de plus le refus de sa fille de communier avec elle. La contrariété fut extrê-
mement vive chez madame de Ferjol, cette
fervente dévote, mais dont les volontés étaient
aussi absolues que la foi ; et Lasthénie dut
sentir le bras de sa mère trembler d'émotion
comprimée sur le sien, quand elles sortirent
de l'église et qu'elles revinrent à la maison.
Elles y revinrent, ne se parlant pas. Au coin
de la petite place carrée qui séparait l'église
de l'hôtel de Ferjol, il y avait un forgeron
dont la forge envoyait par la porte ouverte
un jet de flamme dont elles traversèrent la
rouge lueur, et Lasthénie était si pâle que
cette rouge lueur, qui rougissait toute la
place, ne put rougir sa pâleur, à ce moment-
là effrayante. « Comme tu es pâle ! dit madame de Ferjol, qu'as-tu ?... » Lasthénie dit
qu'elle était fatiguée. Mais quand elles furent
à table, selon leur coutume, en face l'une de
l'autre, les yeux noirs de madame de Ferjol
devinrent d'un noir plus foncé en regardant

Lasthénie, et Lasthénie comprit que sa mère
lui gardait rancune d'avoir refusé de communier avec elle. Mais elle ne comprit pas, mais
elle ne pouvait pas encore comprendre qu'elle
venait d'enfoncer dans sa mère une impression
qu'elle y retrouverait plus tard, comme un
clou terrible, auquel cette mère suspendrait
un jour d'affreux soupçons.

V

Le lendemain, madame de Ferjol envoya chercher le médecin du Bourg par Agathe qui dit à sa maîtresse, avec sa familiarité cordiale et autorisée : « Ah ! Madame s'aperçoit donc que mademoiselle est malade ! Voilà assez longtemps que cela me crève les yeux à moi, et je l'aurais dit à Madame si Mademoiselle ne me l'avait pas toujours défendu, ne voulant point inquiéter sa maman sur un malaise qui se passerait bien tout seul, — disait-elle ; — mais il n'a point passé et je suis contente que le médecin vienne... » Elle n'acheva pas sa pensée, car elle ne croyait point, avec les idées surnaturelles qu'elle avait, que le médecin pût

grand'chose contre le mal de Lasthénie...
Elle alla pourtant le chercher avec empressement, et il vint. Il interrogea mademoiselle
de Ferjol, mais il ne tira pas beaucoup de
lumière de ses réponses. Elle dit qu'elle sentait en elle un brisement et une langueur in-
vincibles, accompagnés d'un mortel dégoût
pour toutes choses.

— Même pour Dieu?... — lui lança sa
mère avec une ironie pleine d'amertume.

Mot qu'elle ne put retenir, tant elle lui en
voulait de cette communion refusée, la veille !
Lasthénie, qui ne se plaignait jamais, reçut le
coup de ce mot sans se plaindre. Mais elle
sentit, comme une menace prophétique de
l'avenir, que la piété de sa mère — qu'elle
avait toujours trouvée bien rigide — pourrait
un jour devenir cruelle.

Agathe avait-elle eu raison, dans ses pensées ?... Mais si le médecin comprit quelque
chose au mal de mademoiselle de Ferjol, il
n'en laissa rien soupçonner à sa mère. Il ne
lui dit rien de net sur l'état de sa fille. Madame de Ferjol, qui n'était jamais malade « j'ai
en santé, disait-elle quelquefois, ce qui m'a

manqué en bonheur », connaissait à peine ce
médecin qu'elle avait consulté pour Lasthénie
en bas âge, et pour ses petits maux d'enfant.
Il était depuis dix ans médecin *dans ce trou,*
comme disait la méprisante Agathe, — ce qui,
du reste, n'était pas une objection contre son
habileté de médecin. De tous les hommes qui
ont besoin d'un large théâtre pour déployer
des talents, et même du génie, le médecin est
celui qui peut le mieux s'en passer... Ne
trouve-t-il pas de la matière médicale partout?... Le plus fort praticien peut-être du
dix-neuvième siècle, Rocaché, vécut toute sa
vie dans une obscure bourgade de l'Armagnac
noir, où il fit, pendant plus de cinquante ans,
des miracles de guérison. Le médecin de la
bourgade du Forez ne ressemblait pas, il est
vrai, à celui de la bourgade des Landes. Ce
n'était, lui, qu'un homme de bon sens et d'expérience, voilà tout! qui pratiquait surtout
la médecine expectante et ne forçait pas la
nature, laquelle, en vraie femme qu'elle est,
veut quelquefois être forcée. Les symptômes
qu'il étudia dans Lasthénie étaient-ils trop
vagues pour dire ce qu'il pensait, s'il prévoyait

quelque chose de grave?... Toujours est-il
que s'il eut de l'inquiétude, il la garda pour
lui seul, aimant mieux attendre avant d'en
donner à cette mère, dont il lisait dans les
yeux noirs l'âpre sentiment maternel. Il parla
d'un de ces dérangements de santé si com-
muns dans les jeunes personnes de l'âge de
Lasthénie, quand leurs organes, ébranlés par
la crise qui les fait femmes, n'ont pas encore
repris leur équilibre, et il prescrivit, pour le
rétablir, une hygiène plus qu'une médica⁺ ͥ.
Mais, quand il fut parti...

— Tout cela, dit résolûment la vieille
Agathe, n'est que de l'onguent *miton-mitaine*.
Ce n'est pas toutes ces bêtises-là qui guériront
mademoiselle ! — Et, defait, aucun mieux ne
se produisit dans le singulier mal qui semblait
consumer Lasthénie. Ses joues se plombèrent,
sa mélancolie s'épaissit, ses dégoûts augmen-
tèrent...

— Voulez-vous que je vous dise ce que je
crois, Madame ? dit Agathe à madame de
Ferjol, — un jour qu'elles étaient seules.

Le dîner finissait... et Lasthénie, qui, pendant tout le repas, qu'elle avait trouvé nausé-

abond, était restée le cœur sur les lèvres, venait de monter dans sa chambre pour se jeter un instant sur son lit.

— Voilà un mois qu'il vient, ce médecin, et pour rien ! dit Agathe. Il y a trois jours qu'il était là encore, continua-t-elle avec violence. Eh bien ! ce que je crois, Madame, c'est que la pauvre demoiselle a plus besoin d'un prêtre qui l'exorcise que d'un médecin qui ne la guérit pas !

Madame de Ferjol regarda la vieille Agathe comme on regarde une personne qui vient d'être atteinte d'un premier accès de folie.

— Oui, Madame, dit la vieille dévouée qui n'avait pas peur des yeux immenses avec lesquels madame de Ferjol la regardait. Oui, Madame ! un prêtre qui défasse la diabolique besogne du capucin !

Les yeux de madame de Ferjol jetèrent une lueur sombre.

— Quoi, dit-elle, Agathe, vous oseriez croire ?...

— Oui, Madame, dit intrépidement Agathe je crois que le Démon a passé par ici, et qu'il y a laissé ce qu'il laisse partout où il passe...

Quand il ne peut pas damner les âmes, il s'en venge sur les corps...

Madame de Ferjol ne répondit pas. Elle mit sa tête dans ses mains et resta appuyée sur les coudes devant la table dont Agathe avait ôté la nappe. Elle réfléchissait sur ce que la vieille servante venait de lui dire avec une profondeur de conviction qui entrait, comme un dard, dans son âme, à elle, tout aussi religieuse qu'Agathe et même beaucoup plus!

— Laissez-moi un moment, Agathe, fit-elle en relevant une tête effarée et la replongeant dans ses mains.

Et Agathe s'en alla à reculons, pour juger plus longtemps de l'état dans lequel elle avait mis cette femme, frappée par elle de la foudre avec un seul mot.

— Ah! Sainte Agathe! — murmura-t-elle, en s'en allant, — puisqu'elle n'y voit goutte, il fallait bien enfin que cela fût dit!

Elle n'était pas superstitieuse, madame de Ferjol, — pour parler comme le monde qui n'entend rien aux choses surnaturelles, et elle n'était pas non plus mystique au sens chrétien, mais profondément religieuse. Ce que venait

de lui dire Agathe devait vivement l'impres-
sionner. Ce n'est point elle qui aurait nié l'in-
tervention physique et l'influence visible de
Celui-là que les Saints Livres appellent le
Mauvais Esprit. Elle y croyait. Et quoique sa
raison fût très ferme, elle y croyait avec tranquillité, et doctrinalement, dans la mesure où
l'Église, qui est la mère de toute prudence et
l'ennemie de toute légèreté, autorise d'y croire.
L'idée d'Agathe la saisit donc, mais avec
moins de violence qu'elle n'eût saisi une imagination plus contemplative et plus exaltée
que la sienne. Seulement cette idée eut pour
elle un éclair qu'elle n'avait pas eu pour
Agathe. La femme qui avait aimé, l'être qui,
depuis quinze ans, cherchait à se rasseoir et
à s'éteindre, mais qui brûlait et fumait encore
d'une passion inextinguible pour un homme,
lui révélait tout bas de ces choses que la vieille
candeur d'Agathe, qui avait toujours vécu
dans le célibat du cœur et le mutisme des
sens, ne pouvait pas lui révéler... Madame de
Ferjol croyait autant que la simple Agathe
que le Démon avait à son service des incar-
nations terribles, mais elle savait par sa propre

expérience ce qu'Ahathe ne savait pas —
c'est que l'amour est, de toutes, la plus redoutable ! Tel l'éclair qui la traversa tout à coup.
« Si Lasthénie aimait, se dit-elle, si c'était
l'amour qui fût son mal ?... » Et elle demeura
la tête dans ses mains, effondrée, mais ses yeux
intérieurs — ces yeux que nous avons pour
voir dans la nuit de nos âmes — étaient fixés
sur cette pensée soudaine : Aimerait-elle ?...
Or, comme, dans cette bourgade chétive, il
n'y avait que de petits bourgeois, sans société
élevée, sans jeunes gens élégants, et où elle
et sa fille passaient leurs jours au fond de leur
hôtel désert comme dans une Thébaïde, voilà
que se leva dans la nuit de son âme l'image
de cet incompréhensible capucin qui avait
passé dans leur vie et disparu comme une
vision, et d'autant plus troublante pour des
imaginations de femme qu'elles n'avaient pu
rien y comprendre et qu'elles n'y avaient rien
compris !...

Et l'horreur, — l'espèce d'horreur que
Lasthénie avait toujours montrée pour cet
effrayant Sphinx en froc qui, pendant quarante jours, avait vécu impénétrable à côté d'elle,

n'était pas une raison pour qu'elle ne l'aimât
pas follement. C'était une raison, au contraire,
pour qu'elle l'aimât avec frénésie ! Les femmes
savent cela. La vie des passions le leur apprend,
quand leur instinct de femme ne le devine pas.
Que d'amours commencent par la crainte ou
la haine, et l'horreur, c'est la combinaison de
la crainte et de la haine, élevées à leur plus
haute puissance, dans des âmes timides révol-
tées ! « Vous lui faites l'effet d'une araignée, »
disait un jour une mère à un homme qui
aimait sa fille ! et, deux mois après cette dure
et humiliante parole, la pauvre mère ne se
doutait pas de la furie de bonheur coupable et
caché avec laquelle sa fille se roulait dans les
pattes velues de l'araignée, et lui donnait à
sucer jusqu'à la dernière goutte vierge du
sang de son cœur !... Lasthénie avait tremblé
devant le froid et mystérieux capucin. Mais
si une femme n'a pas tremblé devant un homme, jamais elle ne l'aimera. L'altière madame
de Ferjol avait aussi peut-être tremblé devant
l'irrésistible officier blanc, qui l'avait enlevée
comme Borée enleva Orythie. Pour avoir
peur de ce qui menaçait sa fille, elle n'avait

qu'à repasser ses jours. « Si Lasthénie sait ce qu'elle a, se dit-elle, elle le tait et se cache. Le mal est profond. » Elle aussi se souvenait, quand elle avait aimé, de s'être cachée. L'amour, cette pudeur farouche, devient si facilement un mensonge, et le plus voluptueusement infâme des mensonges ! Avec quel horrible bonheur on se colle ce masque d'une menterie sur la figure brûlante qui va le dévorer, et qui ne laissera plus voir, quand il tombera en cendres, qu'une figure dévorée que rien jamais ne cachera plus !

Lorsque madame de Ferjol releva la tête, elle était calme, et résolue de savoir ce qu'avait sa fille. Elle ne pensa plus au médecin. « C'est à moi, se dit-elle, de regarder et de voir. » Elle s'accusa une fois de plus du péché de toute sa vie, qui avait toujours été d'être plus épouse que mère. Dieu continuait de l'en punir et faisait bien. Elle l'avait mérité. Quand Lasthénie redescendit, toute traînante, et qu'elle se plaça dans l'embrasure de la fenêtre où elles travaillaient, elle aurait peut-être été effrayée des yeux de madame de Ferjol, si elle les avait regardés, mais elle ne les regarda pas... Elle ne les cherchait point. Elle n'y voyait jamais de tendresse, — cet aimant de la tendresse qui mérite si bien son nom ! — et elle s'épargnait de n'y voir que des sentiments sans douceur.

— Comment te trouves-tu ?... — dit Madame de Ferjol à Lasthénie, après un instant de silence, et en interrompant de piquer son aiguille dans le linge qu'elle marquait.

— Mieux, — répondit Lasthénie, qui garda son front penché et qui continua de piquer la sienne dans son feston.

Mais des yeux de ce front penché tombèrent perpendiculairement et sans rouler sur le visage deux larmes pesantes, qui mouillèrent les mains et le travail de la jeune fille. Madame de Ferjol, l'aiguille levée, les regarda tomber, — et elle en vit tomber deux autres, plus larges et plus lourdes.

— Alors pourquoi pleures-tu, car tu pleures ? demanda la mère, d'une voix qui était comme un reproche ou une accusation de pleurer.

Lasthénie, troublée, essuya ses yeux du dos de sa main. Elle était plus pâle que la cendre de ses cheveux.

— Je n'en sais rien, maman, fit-elle. C'est physique, je crois...

— Je crois aussi que c'est physique, dit madame de Ferjol en appuyant sur les mots. Pourquoi pleurerais-tu? Pourquoi aurais-tu du chagrin? Pourquoi serais-tu malheureuse ?

Elle s'arrêta. Ses yeux noirs brûlants fixaient les beaux yeux clairs de sa fille encore humides de larmes et que le feu des yeux sombres qui les regardaient sembla sécher, en les fixant.

Lasthénie résorba ses pleurs ; et les deux aiguilles reprirent leur mouvement dans le silence, qui recommença...

Scène bien courte, mais menaçante ! Elles venaient de se pencher sur le bord de cet abîme qui les séparait, — le manque de confiance, — et elles ne s'en dirent pas davantage ce jour-là... Cruel silence qui revenait toujours !

Il s'immobilisait entre elles, ce silence. Or, qu'y a-t-il de plus triste et même de plus sinistre qu'une vie intime dans laquelle on ne se parle plus ?... Malgré les résolutions de madame de Ferjol, la peur *de voir* la tenait,

et quelques jours muets passèrent encore...
Mais enfin, une nuit qu'elle ne dormait pas et
qu'elle pensait à ce mutisme qui les courbait
l'une en face de l'autre, sous l'oppression d'une
inquiétude, qui, des deux côtés, était de l'effroi,
Madame de Ferjol eut honte de sa faiblesse.
« Qu'elle soit lâche ! oui ! dit-elle, mais moi,
non ! » Et elle se leva brusquement du lit où
elle était couchée, et elle prit sur la table la
lampe qu'elle n'éteignait jamais pour voir,
quand elle ne dormait pas, le crucifix pendu
à son alcôve et prier avec plus de ferveur, en
le regardant... Seulement, au lieu de le con-
templer et de le prier, cette nuit-là, elle l'arracha violemment du mur de l'alcôve, et elle
l'emporta, comme une ressource désespérée,
contre le malheur qu'elle allait chercher, car
elle allait en trouver un !... Il fallait qu'elle
en finît, tout de suite, avec l'insupportable
anxiété qui la dévorait. Elle entra chez sa
fille, la lampe d'une main, le crucifix de
l'autre, en ses blancs vêtements de nuit,
spectrale, effrayante... Heureusement il n'y
avait là personne pour la voir et qu'elle pût
épouvanter ! C'était elle qui était l'Épouvante !

Qu'allait-elle faire ?.. Lasthénie dormait alors
sans souffle et sans rêves, de ce sommeil ina-
nimé qui ressemble à la mort et qui prend, au
soir, les êtres qui ont beaucoup souffert pendant le jour... Madame de Ferjol leva la
lampe au-dessus du visage de sa fille, et y fit
tomber la lumière frissonnante du frisson de
sa main. Puis, l'ayant abaissée, elle la pro-
mena autour du visage de l'enfant endormie,
dont elle voulait pénétrer le mal secret dans
la naïveté du sommeil :

— Oh ! fit-elle avec une indicible horreur.
Je ne me suis pas trompée ! J'avais bien vu...
Elle a le masque !

Mot tragique, qui exprimait pour elle une
chose terrible, et que Lasthénie, la virginale
Lasthénie, n'eût pas compris, si elle l'avait
entendu !

Et s'acharnant à la regarder, après avoir
déposé sur la table de nuit la lampe qu'elle
tenait : « Oui, elle l'a !...» dit-elle. Et dans un
mouvement de fureur subite, elle leva tout à
coup le crucifix, comme on lève un marteau,
sur le visage de sa fille pour écraser ce *masque*
dont elle parlait; mais ce ne fut qu'un éclair !

Le lourd crucifix ne tomba point sur le visage tranquille de la jeune fille endormie, mais chose non moins horrible! c'est contre son visage, à elle-même, que cette femme exaspérée le retourna et qu'elle l'abattit!... Elle s'en frappa violemment avec la frénésie d'une pénitence qu'elle voulait s'infliger dans un fanatisme féroce. Le sang jaillit sous la force du coup et le bruit du coup réveilla Lasthénie qui poussa un cri, en voyant cette lumière soudaine, ce visage, ce sang qui coulait, et cette mère qui se frappait avec cette croix !

— Ah! tu cries! tu cries maintenant! fit madame de Ferjol avec un affreux éclat d'ironie. Tu n'as pas crié quand il fallait crier. Tu n'as pas crié quand...!

Mais elle s'arrêta, hérissée, ayant peur de ce qu'elle allait dire, — se cabrant devant ce qu'elle pensait!...

— Oh! dissimulée! reprit-elle. Fille hypocrite, tu as bien su tout taire, tout cacher, tout engloutir! Tu n'as pas crié, mais ton crime à présent crie sur ta face et tout le monde va l'entendre crier comme moi! Tu ne

6

savais pas qu'il y avait un masque qui ne trompait point et qui dit tout ; un masque accusateur, et tu l'as !

Lasthénie, surprise, épouvantée, ne comprenait rien aux paroles de sa mère et elle serait peut-être devenue folle à cette horrible vision qui la réveillait en sursaut, si l'évanouissement ne l'eût préservée de la folie ; mais, sans pitié pour cet évanouissement dont elle était cause, l'implacable madame de Ferjol laissa sa fille évanouie sur son chevet, et tombant à genoux et des deux mains tenant à poignée le crucifix dont elle s'était frappée :

— O mon Dieu, pardonnez-moi ! s'écriat-elle en baisant les pieds du crucifix et en se déchirant les lèvres à ses clous. Pardonnezmoi son crime que je partage, car je n'ai pas assez veillé sur elle. Je me suis endormie, comme vos disciples ingrats dans le jardin des Oliviers. Et le traître est venu quand je dormais. O mon Dieu, recevez mon sang en expiation de mon crime et du sien !

Et elle redoublait ses coups contre sa poitrine et son front, et le sang ruisselait.

— Que votre croix soit l'instrument de

mon supplice. Seigneur Dieu terrible ! » Et elle s'affaissa et s'abîma sur la terre, perdue, anéantie dans l'idée de son péché et de sa damnation éternelle, devant ce Christ rigide aux bras droits et plus raidis vers Dieu et sa justice qu'étendus avec amour sur la croix pour embrasser le monde sauvé. Image de ses bras, à elle, qui laissaient là sa fille à moitié morte pour ne se tendre que vers le ciel !

VI

Quand Lasthénie revint à elle, sa mère accablée gisait dans la chambre, couchée par terre, la face collée au crucifix, mais le mouvement que fit la jeune fille, en reprenant connaissance, et la plainte qu'elle jeta tirèrent de son accablement madame de Ferjol, qui se leva, et se dressant de toute sa hauteur devant sa fille, avec son front ensanglanté :

— Tu vas tout me dire, malheureuse, — fit-elle impérieusement, — je veux tout savoir. Je veux savoir à qui tu t'es donnée dans cette solitude où nous vivons comme deux recluses et où il n'y a pas un homme fait pour toi ! —

Lasthénie poussa un cri encore, mais, sans force pour répondre, elle regarda sa mère avec la stupidité hagarde de l'étonnement....

— Oh ! dit madame de Ferjol, plus de silence ! plus de mensonge ! plus de comédie ! Ne fais pas l'étonnée ! ne fais pas la stupide ! ajouta la dure mère qui n'était plus une mère, mais un juge, et un juge prêt à devenir un bourreau.

— Mais, ma mère, — s'écria la pauvre enfant, insultée dans son innocence et dans toutes ses pudeurs, et qui, révoltée de tant de cruauté et d'injustice aveugle, éclata en sanglots d'angoisse et de colère, —que voulez-vous que je vous dise ? qu'avez-vous contre moi ?.. Je ne sais rien. Je ne comprends rien à ce que vous dites, sinon que c'est affreux, incompréhensible et affreux ! Vous me faites mourir. Vous me rendez folle, et vous semblez l'être autant que moi, ma pauvre mère, avec vos horribles paroles et votre front qui saigne...

— Laisse-le saigner ! — interrompit madame de Ferjol, qui l'essuya d'un revers violent de sa main. — S'il saigne, c'est pour toi, misérable fille ! Mais ne dis point que tu ne comprends pas. Tu mens. Tu sais bien ce que tu as, peut-être ! Les femmes savent toutes cela, quand cela est. Rien qu'en se regardant, elles le savent. Ah! je ne m'étonne plus que tu n'aies pas voulu aller à confesse, l'autre soir...

— Oh! ma mère! dit Lasthénie exaspérée, et qui, pour le coup, comprit l'infâme accusation de sa mère. Vous savez bien que ce que vous dites est impossible. Je suis malade. Je souffre, mais mon mal ne peut pas être la chose horrible que vous pensez. Je ne connais que vous et Agathe. Je ne vous quitte jamais...

— Tu vas seule promener à la montagne, dit madame de Ferjol avec une atroce profondeur.

— Oh! fit la jeune fille, dégradée par un tel soupçon. Vous me tuez, ma mère. Anges du ciel, prenez pitié de moi! vous savez, vous, ce que je suis!

— N'invoque pas les anges, fille souillée ! tu les as fait fuir! ils ne t'entendent plus ! — dit madame de Ferjol, incrédule, obstinément, aveuglément incrédule à cette innocence qui s'attestait avec une candeur si dé-

sespérée. Et reprenant avec plus de fureur
que jamais :

— N'ajoute pas le sacrilège au mensonge,
— fit-elle, — et brutalement elle ajouta le mot
affreux dans sa trivialité : Tu es grosse, tu es
perdue, tu es déshonorée ; nie-le, ne le nie
pas, qu'importe ! L'enfant viendra, malgré
tous tes mensonges ! et te donnera un dé-
menti ! Tu es déshonorée ! tu es perdue ! mais
je veux savoir avec qui tu t'es perdue, avec
qui tu t'es déshonorée ! Réponds-moi tout de
suite, avec qui ?

— Avec qui ? avec qui ? » répétait-elle en
prenant l'épaule de sa fille et en la secouant
avec tant de rage qu'elle la rejeta sur l'oreiller,
et que la faible enfant y retomba plus blanche
que l'oreiller lui-même...

C'était (en si peu d'instants !) le second
évanouissement de Lasthénie, mais la cruelle
madame de Ferjol n'en eut pas plus de pitié
que du premier. Maintenant qu'elle avait demandé pardon à Dieu pour le crime de sa
fille et pour le sien, à elle, qui ne l'avait pas
surveillée avec assez de vigilance, elle aurait
foulé aux pieds Lasthénie dans sa colère ma-

ternelle... Assise sur les pieds du lit de cette enfant dont elle venait par deux fois de faire un cadavre, elle la laissa reprendre ses sens comme elle put... Et ce fut long ! Lasthénie mit du temps à revenir à elle... L'orgueil que la religion n'avait pas dompté en madame de Ferjol se soulevait dans le cœur de cette femme de race, naturellement si fière, à la pensée, — à l'insupportable pensée, qu'un homme, — un inconnu — de bas étage peut-être — eût pu — sans qu'elle s'en doutât — lui déshonorer clandestinement sa fille, — et le nom de cet homme, elle le voulait ! Quand Lasthénie rouvrit les yeux, elle vit sa mère penchée sur sa bouche, comme si elle eût voulu y chercher ou en arracher ce nom fatal.

— Son nom ! son nom ! lui dit-elle avec une expression dévorante. Ah ! fille hypocrite, je t'arracherai ce nom maudit, quand il faudrait aller le chercher jusqu'au fin fond de tes entrailles, avec ton enfant !

... Mais Lasthénie, écrasée par toutes les abominations de cette nuit, au lieu de répondre à sa mère, la regardait avec deux yeux grands et vides qui semblaient morts...

Et ils sont restés morts, ces yeux si beaux, couleur des saules, et depuis on ne les revit jamais plus briller, même dans les larmes, dont ils ont versé des torrents ! Mme de Ferjol ne tira rien de sa fille, ni cette nuit, ni plus tard, et ce fut de cette nuit funeste qu'elles entrèrent toutes deux, la mère et la fille, dans cette vie infernale dont elles ont vécu, les infortunées ! et à laquelle il n'y a rien de comparable dans les situations tragiques et pathétiques des plus sombres histoires. Ce fut vraiment là une histoire sans nom ! Un drame étouffant et étouffé entre ces deux femmes du même sang, qui s'aimaient pourtant, — qui ne s'étaient jamais quittées, — qui avaient toujours vécu dans le même espace, — mais dont l'une n'avait jamais été mère, ni l'autre, fille, par la confiance et par l'abandon... Ah ! elles payaient cher maintenant la réserve et la concentration réciproques dans lesquelles elles avaient vécu ! Et durent-elles s'en repentir ! Ce fut un drame profond, d'âme à âme, prolongé, mystérieux et dont il fallut épaissir le mystère, même aux yeux d'Agathe qui ne pouvait pas connaître cette

ignominie d'une grossesse que Mme de Ferjol, bien plus que Lasthénie, aurait voulu
engloutir sous terre, car Lasthénie, à ce
moment-là, ne croyait pas à sa grossesse...
Dans la nouveauté de ses sensations, elle
croyait à une maladie inconnue, aux symptômes trompeurs, et à une erreur mons-
trueuse de sa mère... Elle se révoltait contre
cette erreur... Elle se débattait doulou-
reusement sous l'insulte de l'idée de sa mère.
Elle ne courbait pas la tête sous le déshonorant soufflet de ses reproches. Elle avait
l'entêtement sublime de l'innocence... Et
parce qu'elle ne ressemblait pas à cette mère
passionnée, despotique et fougueuse, qui
aurait rugi, comme une lionne, si elle eût
été à la place de Lasthénie :

— Comme vous vous repentirez un jour de
m'avoir fait tant souffrir, ma mère ! — lui
disait-elle avec la douceur d'un agneau qui se
laisse égorger.

Mais le jour dont elle parlait ne vint
jamais, — et cependant beaucoup de jours
passèrent entre cette mère sans miséricorde,
qui ne pardonnait pas, — qui ne parlait

jamais de pardon, et cette fille qui mettait son honneur à ne pas être pardonnée... Les jours passèrent longs, farouches, ulcérés et noirs. Seulement, il en fut un plus désespéré que les autres — et auquel Lasthénie ne s'attendait pas, — et ce fut celui où le tressaillement intérieur que les mères heureuses appellent joyeusement : « le premier coup de talon » de l'enfant qui annonce sa vie et peut-être aussi le mal qu'un jour il fera à sa mère, lui apprit, à la malheureuse, que c'était elle, et non sa mère, qui s'était trompée...

Elles étaient, alors comme toujours, front contre front, dans l'embrasure de leur fenê-tre, — occupant leurs mains fiévreuses, en travaillant, — dévorées par la même peine muette... Un jour triste, quoique clair et aigu, filtrant comme un vent par un trou, de ce trou de là-haut formé par ces montagnes aux cimes rapprochées, tombait dans cette salle sombre sur leurs nuques, comme une guillotine de lumière.

Tout à coup Lasthénie mit une de ces mains sur son flanc, en poussant un cri invo-lontaire... et au cri, et encore plus à l'inexprimable désolation qui envahit son visage déjà si profondément bouleversé, sa mère, qui semblait lire à travers elle, devina tout.

— Tu *l'as senti*, n'est-ce pas ? dit-elle. Il a remué. Tu en es sûre maintenant. Tu ne nieras plus, obstinée ! tu ne diras plus : non, toujours ton stupide : non ! Il est là... Et elle porta la main où Lasthénie avait mis la sienne. Mais qui l'a mis là ? qui l'a mis là ? fit-elle ardemment.

Elle revenait à la question éternelle ! à la question acharnée avec laquelle elle poignardait, une fois de plus, la pauvre fille, atteinte, comme d'un éclat de foudre, par cette soudaine révélation de ses entrailles, *qui donnait raison à sa mère*. Les bras rompus, les jarrets coupés par la certitude de son malheur, Lasthénie répondit avec égarement à la question de sa mère « qu'elle ne savait pas ». Ce mot insensé qui remuait toutes les colères maternelles ! Mme de Ferjol avait toujours cru que c'était la honte qui murait la bouche de sa fille, mais la honte était bue maintenant. La grossesse s'attestait par la

7

vie même de l'enfant qui, dans ce ventre,
venait de bondir sous sa main!

— Il y a donc, — fit-elle réfléchie, —
plus honteux que la honte de ta grossesse.
C'est la honte de l'homme à qui tu t'es donnée, puisque tu te tais.

Et l'idée qui lui était passée par la tête,
un jour, du capucin. — de l'étrange capucin,
lui revint tout à coup, non pas comme à
Agathe, la superstitieuse Agathe qui croyait
aux sorts, mais comme à une femme qui ne
croyait, elle, qu'aux sortilèges de l'amour, et
qui en avait aussi été la victime... Pour elle,
ce n'était pas une chose impossible qu'un
amour caché sous une haine ou une antipathie menteuse, et dont la révélation éclatait
dans le foudroiement d'une grossesse. Mais
elle repoussait cette idée d'un crime qui,
pour elle, devait être le plus grand de tous,
puisqu'un prêtre l'aurait commis. Elle la
repoussait encore plus par respect pour le
caractère de l'homme de Dieu que par foi en
l'innocence de sa fille. Elle savait, par son
expérience personnelle, la fragilité de toute
innocence! Seulement, curieuse, opiniâtre-

ment et involontairement curieuse, quoique
épouvantée, n'osant dire tout haut sa pensée
qui l'épouvantait tout bas, et qui la traversait parfois avec le froid d'un glaive, elle
recommençait de hacher et de massacrer de
la question éternellement acharnée, cette
fille au désespoir, à moitié morte de cette
grossesse incompréhensible, et qui, abêtie,
finit bientôt par ne plus répondre à rien que
par du silence et des pleurs...

Mais ni les intarissables pleurs, ni le
mutisme de bête assommée dans lequel tomba
et resta Lasthénie, sous les coups infatigables
des questions de sa mère, ne lassèrent et ne
désarmèrent cette âme brûlante de Mme de
Ferjol. Toujours dès qu'elles étaient seules,
le supplice de ces questions recommençait...
Et à présent, elles étaient seules presque
toujours... Le tête-à-tête de toute la vie de ces
deux femmes, dans cette immense maison
vide, au bas de ces montagnes qui, de leur
rapprochement, semblaient les pousser l'une
sur l'autre, et les étreindre dans une plus
stricte intimité, devint plus absolu qu'il ne
l'avait été jamais, Agathe, cette ancienne

domestique éprouvée qui s'était arrachée de
son pays pour suivre Mme de Ferjol dans la
coupable fuite de son enlèvement sans se
soucier des mépris qui s'attacheraient peut-
être à elle, là-bas, dans le pays, comme à sa
maîtresse, Agathe avait souvent interrompu
cet effroyable tête-à-tête... Quand elle avait
fait le ménage de cette grande maison, elle
avait coutume de venir coudre ou tricoter
dans cette salle où ces dames travaillaient
en cette monotone routine de tous les jours
qui étaient pour elles l'existence, l'immobile
existence. — Mais depuis que Mme de Ferjol savait le secret du mal de Lasthénie, elle
éloignait, sous un prétexte ou sous un autre,
Agathe de sa fille. Elle craignait les yeux
affilés de cette vieille dévouée, qui adorait
Lasthénie, et les pleurs que la pauvre fille
ne pouvait retenir et qui coulaient silencieu-
sement, de longues heures, sur ses mains,
tout en travaillant... — Pour honte et pour
tout, — lui disait-elle quand la vieille Agathe
n'était plus là, — retenez vos pleurs devant
Agathe.

(A présent, elle ne tutoyait plus Lasthénie.)

— Vous avez bien la force de vous taire. Vous aurez bien celle de pas pleurer. Avec tous vos airs délicats, vous êtes une fille forte. Si vous êtes née faible, le vice vous a donné sa force. Je ne suis que votre mère, à moitié coupable de votre crime, puisque je n'ai pas su vous empêcher de le commettre, mais Agathe est une honnête servante, et si elle pouvait seulement se douter de ce que je sais, elle vous mépriserait.

Et elle insistait beaucoup sur le mépris d'Agathe, sur ce mépris d'une servante dont elle se servait pour humilier davantage Lasthénie et pour lui faire dire, sous la pression de ce mépris, le nom qu'elle ne disait pas. Mme de Ferjol s'entendait aux mots poignants ! Elle aurait voulu trouver plus bas que le mépris d'une servante pour le jeter au visage et à l'âme de sa fille ! Mais Agathe aurait-elle su la honteuse vérité qu'on lui cachait, qu'elle n'aurait jamais eu le cœur de mépriser Lasthénie ! Elle n'aurait eu pour elle que de la pitié. Ce qui est du mépris pour les âmes altières, devient de la pitié dans les âmes tendres, et

Agathe était une âme tendre que les années
n'avaient pas durcie. Lasthénie le savait bien.
« Agathe n'est pas comme ma mère (pensait-
elle). Elle ne me mépriserait pas, elle ne
m'accablerait pas. Elle aurait pour moi de
la pitié. » Et que de fois cette fille infortunée
avait, dans le malheur qui était tombé sur sa
vie, été tentée de se jeter dans les bras de
celle qu'elle avait appelée si longtemps sa
« bonne » quand elle était enfant et qu'elle
avait des chagrins d'enfant. Mais sa mère —
l'idée de sa mère — la retenait. L'ascendant
de Mme de Ferjol sur sa fille avait toujours
été irrésistible, et cet ascendant était devenu
terrifiant. Elle la médusait avec ses regards
toujours fixés sur elle, quand Agathe était
là... Et Agathe non plus n'osait dire une
seule de ses pensées, quand elle regardait,
en tricotant, par-dessus ses lunettes, ces deux
femmes travaillant l'une devant l'autre dans
une désolation silencieuse. Ses pensées
n'avaient pas changé, mais elle les gardait en
elle, depuis qu'elles avaient été accueillies
par les haussements d'épaules de Mme de
Ferjol. Celle-ci, pour expliquer la pâleur,

les défaillances et les larmes qu'elle disait
« nerveuses » de sa fille, avait inventé une
maladie à laquelle « le médecin de cette
ignorante bourgade ne comprenait rien, » et
pour laquelle elle faisait soi-disant venir, par
correspondance, des consultations de Paris.
Il était plus facile, en effet, de soustraire
Lasthénie à l'observation d'un médecin qui
aurait tout vu au premier coup d'œil, que de
l'éloigner de la superstitieuse Agathe...

D'ailleurs, était-il possible de lui cacher
éternellement l'état de Lasthénie?... Est-ce
que cet état effrayant déjà, ne déconcerterait
pas les ruses de Mme de Ferjol et ne devrait
pas devenir d'une telle évidence, se marquer
de symptômes tellement accusateurs que
même cette vieille innocente d'Agathe, dont
la pureté faisait la myopie, ne finirait pas
par voir un jour la vérité... Nécessité inévitable! Mme de Ferjol y pensait bien. Elle
sentait bien qu'il faudrait un jour ou dire
tout à Agathe ou supprimer Agathe... Supprimer Agathe, qui ne l'avait jamais quittée!
dont elle connaissait l'affection et le dévouement. La renvoyer dans son pays! Et ne pas

reprendre de domestique par la raison pré-
cisément qui faisait congédier Agathe. Et
vivre seule, avec sa fille au conspect de
toute cette bourgade, respectueuse, mais
curieuse et malveillante, dans cette maison
sans servante, au fond de ce gouffre de montagnes, comme deux âmes dans un abîme de
l'enfer. Elle voyait cela dans l'effroi de la
perspective. Incessamment, elle roulait en elle
l'effrayant problème : dans quelques mois,
comment ferons-nous ?... Mais son orgueil
maternel qui s'ajoutait à son autre orgueil,
l'arrêtait, suspendait sa résolution et l'empê-
chait de prendre un parti qu'il fallait prendre
cependant. Cette nécessité devant laquelle
se révoltait l'âme violente de Mme de Ferjol
était comme un point de feu, inextinguible et
fixe qui s'élargissait dans sa pensée et dans les
ténèbres de l'inévitable avenir qui chaque jour
s'approchait, — qui chaque jour faisait un pas
de plus. Quand elle ne disait rien à sa fille,
à laquelle elle ne parlait plus que pour lui
mettre sur la gorge la question qui restait
sans réponse, que pour se cogner contre le
beau front, devenu obtus, de Lasthénie, elle

résistait aussi en son âme à cet aveu, impossible pour une Ferjol, d'une faute qui déshonorait ce nom dont elle était si fière et elle se répétait intérieurement: « Comment ferons-nous ? »

Elle y pensait le jour, madame de Ferjol, la nuit, à toute heure, même quand elle faisait ses prières. Elle y pensait à l'église, devant le tabernacle, devant la table de communion abandonnée, car la janséniste qu'elle était ne communiait plus, ne se croyait plus digne de communier, depuis le crime de sa fille. Lorsque, dans l'église, on pouvait la croire absorbée dans quelque prière et qu'elle s'y tenait agenouillée, les coudes sur le prie-Dieu de son banc, prenant de ses mains dégantées, à poignées, sur ses tempes, ses forts cheveux noirs dans lesquels les blancs apparaissaient par vagues, comme ils apparaissent lorsque nous souffrons, elle était la proie du problème et de l'incertitude qui pour l'heure rongeait et consumait sa vie. L'inquiétude en elle allait jusqu'au vertige... et cette anxiété, mêlée à l'inconsolable chagrin que lui causait la chute de sa fille, lui donnait

contre elle une humeur et un ressentiment
farouches qui touchaient à la férocité.

Mais, hélas ! la plus victime des deux était
encore Lasthénie ! Certes, madame de Ferjol
était bien malheureuse. Elle souffrait dans sa
maternité, dans sa fierté de mère et de femme,
dans sa conscience religieuse et même dans
cette force qu'on paye quelquefois atroce-
ment cher ; car les êtres physiologiquement
forts n'ont ni le soulagement, ni l'apaisement
des larmes, et ils étouffent de sanglots qui ne
peuvent pas sortir. Mais enfin, elle était la
mère. Elle était le reproche. Elle était l'insulte ; et Lasthénie n'était que la fille, l'objet
de l'éternel reproche, l'insultée qui devait boire
à pleines gorgées l'insulte de sa mère, — de
sa mère, qui, maintenant, avait cruellement
raison contre elle, qui l'écrasait de l'évidence indéniable de sa faute qu'elle appelait un crime ! Épouvantable vie domestique !
épouvantable pour toutes deux ! Mais c'était
certainement Lasthénie qui devait souffrir
le plus de cette abominable intimité ! Il
est dans le malheur un moment où, comme

on le dit du bonheur, il n'y a plus d'histoire possible, et où, ce qui est inénarrable, l'imagination est obligée de le deviner. Ce moment dans le malheur était arrivé pour Lasthénie. Elle était changée au point qu'on n'aurait pu la reconnaître; — que ceux qui l'avaient trouvée charmante n'auraient pas pu dire que c'était là, il y avait si peu de temps, la jolie mademoiselle de Ferjol!

Elle faisait peur, cette suave Lasthénie, ce pur muguet, né dans l'ombre portée de ces montagnes et qui y tranchait par la blancheur de son éclat. Ce n'était plus la « pâle Rosalinde » de Shakespeare, avec cette pâleur qu'elle avait eue et qui est la beauté des âmes tendres. Elle n'était plus qu'une blême momie, — une momie étrange, qui pleurait toujours et dont la chair, au lieu de se sécher comme celle des momies, s'amollissait, se macérait et se pourrissait dans les larmes. Elle traînait péniblement à présent sa taille appesantie, et souffrait horriblement de ce ventre qui grossissait toujours. Elle aurait voulu le cacher perpétuellement dans les plis

flottants du peignoir. Mais sa mère ne le
permettait pas. Il fallait aller à l'église. Sa
mère l'exigeait et d'autorité l'y conduisait.
Avec ses idées religieuses madame de Ferjol
devait croire que l'influence de l'église pouvait
faire du bien à Lasthénie, à cette âme coupable et fermée. Elle pouvait bien ouvrir son
cœur et lui faire verser ce qu'il renfermait
dans le cœur de sa mère. « Vous n'êtes pas
assez près de vos couches, — lui disait-elle,
avec une sévérité méprisante, — pour ne pas
aller demander pardon à Dieu dans sa maison sainte, » — et, pour l'y conduire, c'était
elle qui l'habillait. Ce n'était plus Agathe.
C'était elle qui, au moment de sortir, lui en-
tortillait la tête dans un voile épais, — dût
Lasthénie étouffer là-dessous ! — pour cacher
ce *masque qu'elle avait vu* et qu'elle n'eût
pas mieux caché, quand il aurait été une
lèpre... Et ce n'était pas seulement le visage
qu'il fallait dissimuler ! C'était ce ventre, qui
aurait tout révélé aux regards les moins observateurs, et, pour cela, elle laçait elle-même
le corset de Lasthénie, et elle ne craignait pas
de le serrer trop fort et de lui faire mal...

Dans l'espèce d'exaspération où elle vivait,
par le fait du silence obstiné de sa fille, madame de Ferjol avait quelquefois, en la la-
çant, une main irritée ; et si sa main crispée
appuyait, et si la pauvre enceinte poussait sous
cette pression un gémissement involontaire :
« Ah ! lui disait-elle avec une dureté ironique,
il faut bien souffrir un peu pour se cacher
quand on est coupable... » Et pour peu que
la malheureuse torturée se plaignît encore :
« Avez-vous donc si peur que je vous *le* tue ?
reprenait madame de Ferjol avec une sauvage
amertume. Soyez donc tranquille ! Ces en-
fants-là, venus par le crime, vivent toujours. »

VII

Cependant, au milieu de ces férocités, il y eut un instant où cette mère outrée, mais non pas sans entrailles, s'arrêta dans le supplice qu'elle infligeait à sa fille. Sentit-elle que, même coupable, c'était vraiment trop ?... Fut-elle touchée de ce visage qui avait été délicieux, et qui n'était plus qu'une fleur broyée, ou bien fut-ce une ruse de cette âme acharnée pour surprendre le secret que cette fille, si faible et forte pour la première fois, avait l'incroyable énergie de garder caché dans son cœur ?... Elle se connaissait en amour. « Il faut qu'elle aime furieusement (pensait-elle) pour avoir cette force, elle si douce de nature et si peu faite pour résister !»

Et voilà que, tout à coup, elle changea de ton avec Lasthénie ! Voilà que son âpreté s'adoucit et qu'elle revint même au tutoiement de la tendresse !

— Écoute, — lui dit-elle, — malheureuse et funeste enfant, tu meurs de chagrin et tu m'en fais mourir avec toi. Tu perds ton âme et tu perds la mienne. Car te taire, c'est mentir, et tu me fais partager ton mensonge, avec cette humiliante comédie de tous les moments qu'il faut jouer pour cacher ta honte, tandis qu'un mot dit de cœur à cœur à ta mère pourrait peut-être tout sauver. Un mot dit par toi te mettrait peut-être dans les bras où tu t'es mise une fois. Dis-moi le nom de l'homme que tu aimes. Il n'est peut-être pas si bas que tu ne puisses l'épouser. Ah! Lasthénie, je me reproche d'avoir été si dure avec toi ! Je n'en ai pas le droit, ma fille. Je t'ai caché ma vie. Tu ne sais, ni toi, ni les autres, qu'une seule chose, c'est que j'ai aimé follement ton père et qu'il m'a enlevée... Mais tu ignores — et le monde aussi — que moi, comme toi, ma pauvre fille, j'avais été coupable et faible et qu'il m'avait mise dans l'état où tu es, quand il m'amena dans ce pays pour m'épouser. Le bonheur du mariage cacha une faiblesse dont je n'eus jamais à rougir que devant Dieu seul. Ta faute, à toi, ma pauvre fille, est, sans doute, une punition et une expiation de la mienne. Dieu a de ces talions terribles ! J'ai épousé ton père. J'épousais mon Dieu, mais le Dieu du ciel ne veut pas qu'on lui préfère personne et il m'en a punie, en me le prenant et en faisant de toi une fille coupable comme je l'avais été. Eh bien, pourquoi n'épouserais-tu pas aussi celui que tu aimes, — car tu l'aimes !... Si tu ne l'aimais pas follement, comme j'ai aimé ton père, tu ne te tairais pas...

Elle s'arrêta. On voyait que cela lui coûtait immensément, ce qu'elle venait de dire ! mais elle l'avait dit ! Elle s'était avouée l'égale de sa fille dans la faute. Elle n'avait pas reculé devant cette humiliation, — la dernière ressource qui lui restât pour savoir la vérité qu'elle brûlait de connaître ! Elle s'était résignée à rougir devant son enfant, elle qui

avait une si grande idée de la maternité et du
respect qu'une fille doit à sa mère!... Parce
qu'elle lui apprenait aujourd'hui une chose
que personne n'avait sue,— dont personne au
monde ne s'était douté — et que le mariage
avait si heureusement cachée, elle se dé-
gradait comme mère, aux yeux de Lasthénie,
et c'est pour cela qu'elle avait tant tardé à
faire ce dégradant aveu!... Elle ne l'avait
fait qu'à la dernière extrémité, mais elle en
avait bien longtemps roulé en elle-même la
pensée! Quel effort n'avait-il pas fallu à son
âme robuste pour se résoudre à cet aveu qui
l'abaisserait dans l'âme de sa fille? Mais enfin
elle s'était domptée et elle l'avait fait!

Seulement ce fut en vain. Lasthénie n'en
fut pas touchée. Elle écouta l'aveu de sa
mère, comme elle écoutait tout maintenant,
sans répondre jamais, épuisée qu'elle était de
courage et de négations inutiles. Aux reproches de madame de Ferjol, à ses impa-
tiences, à ses objurgations, à ses colères,
elle était aussi insensible qu'une bête morte !
Elle fut de même à cet aveu. Était-ce un parti

désespéré pris par elle, la certitude qu'elle ne pourrait convaincre sa mère de son innocence devant le signe visible de sa grossesse? Mais cette tendresse, si soudainement montrée, de madame de Ferjol, cette confiance qui appelait la confiance, cette confession d'une faiblesse égale à la sienne qui devait tant coûter à l'orgueil d'une mère vis-à-vis de sa fille, ne pénétrèrent pas dans l'âme de Lasthénie, qui ne s'était jamais ouverte à sa mère, et que, d'ailleurs, la douleur de son incompréhensible état idiotisait. Il était trop tard! Lasthénie avait cru longtemps à tout autre chose qu'une grossesse. Elle avait connu dans la bourgade même qu'elle habitait une malheureuse qu'on avait cru grosse, et qu'on avait déshonorée et traînée sur la claie des plus mauvais propos pendant les mois de sa grossesse, mais qui, les neuf mois écoulés, resta grosse... d'un horrible squirre dont elle n'était pas morte encore, et qui, certainement, devait un jour la faire mourir. Lasthénie, comble de l'infortune! Lasthénie avait espéré en ce squirre comme on espère en Dieu. « Ce sera toute ma vengeance (pen-

sait-elle) contre ma mère et ce qu'elle me dit
de cruel! » Mais cette affreuse espérance, elle
ne l'avait plus! Elle ne doutait plus ! L'enfant avait remué, et ce remuement dans ses
entrailles lui avait remué, du même coup,
quelque chose, dans le cœur, qui était, peut-
être, l'amour maternel!

— Eh bien, parleras-tu maintenant, Lasthénie? Rendras-tu à ta mère confiance pour
confiance, aveu pour aveu? fit madame de
Ferjol presque caressante. Tu ne dois plus
avoir peur à présent d'une mère qui fut un
jour aussi faible et aussi coupable que toi, et
qui peut te sauver, ajouta-t-elle, en te donnant celui que tu aimes ?...

Mais Lasthénie ne semblait pas entendre,
même physiquement, la voix qui parlait. Elle
était sourde. Elle était muette. Sa mère la
regardait, aspirant la réponse qui ne sortait
pas de ses lèvres blêmes.

— Voyons ! ma fillette, nomme-le-moi, lui
dit-elle, en prenant une de ses mains inertes,
croyant l'entraîner doucement par cette main
sur sa poitrine. Mouvement maternel qui, lui
aussi, arrivait trop tard.

Elles étaient alors dans la haute salle
qu'elles ne quittaient jamais — et où les
montagnes qui faisaient une ceinture à leur
triste maison envoyaient leurs ombres et en
redoublaient la tristesse. Elles se tenaient
dans leur embrasure... Ah ! sait-on bien le
nombre des tragédies muettes entre filles et
mères qui se jouent dans ces embrasures de
fenêtre, où elles semblent si tranquillement
travailler ?... Lasthénie y était assise droite,
rigide et pâle, comme un médaillon de
plâtre ressortant sur le brun du chêne
qui revêtait les murs. Madame de Ferjol penchait son front sombre sur son ouvrage, mais
Lasthénie, accablée comme si le ciel se fût
écroulé sur elle, laissait tomber et couler, de
ses mains découragées, son feston à terre,
dans l'immobilité d'une statue, — la statue
de la Désolation infinie ! Ses yeux si nacrés,
si frais et si purs étaient littéralement tués de
larmes. Ils avaient autour des paupières cet
ourlet d'un rouge âcre qu'y avait laissé et
qu'y ravivait l'incessante brûlure des pleurs,
et ces yeux qui commençaient de s'érailler,
comme s'ils avaient pleuré du sang, n'expri-

maient plus rien, pas même le désespoir ! car
Lasthénie était en train de tomber plus bas
que dans l'absorption fixe du fou. Elle allait
tomber dans le vide fixe de l'idiot.

Sa mère la contempla longtemps avec la
pitié mêlée de la terreur que lui causait le
désastre de ce visage. Elle n'avait jamais dit
à sa fille qu'elle la trouvait belle; mais, au
plus profond de son âme, elle n'avait pas
moins la fierté du visage de Lasthénie, quoiqu'elle n'en parlât jamais, la janséniste austère,
de peur d'exalter deux orgueils, — celui de
sa fille et le sien. Aujourd'hui ce visage ra-
vagé, la navrait, de le voir ! « Ah ! pensait-
elle, cette fille charmante sera peut-être
affreuse et tout à fait imbécile demain ! » Elle
voyait déjà poindre le hideux idiotisme à travers cette fille morte, avant d'être morte...
car on croit que les corps de la plupart de
ceux qui meurent s'en vont de ce monde les
premiers et avant leurs âmes, — mais pour
d'autres, les corps restent là, dans la vie,
quand les âmes, depuis bien longtemps, n'y
sont plus !

Et le soir les prit dans ce face-à-face, de

quatre pieds carrés, dans lequel se parquait
leur vie, — le soir qui venait vite dans le fond
de puits de cette bourgade obscure et qui ra-
menait l'heure de leur prière du tomber du
jour, à l'église !

— Viens prier Dieu pour qu'il te descelle
le cœur et les lèvres et te donne la force de
parler, — dit madame de Ferjol. — Mais, indifférente à Dieu qui n'avait pas pitié d'elle,
comme elle était indifférente à tout, Lasthénie
resta à sa place et madame de Ferjol fut
obligée de saisir par le poignet cette créature
qui n'était plus qu'une chose douloureuse et
qui, automatiquement, céda à sa mère et se
leva.

— Tiens, dit madame de Ferjol, en sou-
levant la main de sa fille à la hauteur de ses
yeux. Tu n'as plus la bague de ton père,
qu'en as-tu fait? L'as-tu perdue? Ne te sens-tu
plus digne de la porter?

L'abîmement dans leur malheur domestique avait été si grand pour ces deux femmes
que ni l'une ni l'autre ne s'était aperçue que
la bague manquait à la main qui avait l'habitude de la porter.

Lasthénie, qui ne comprenait plus rien à rien, regarda sa main dont elle écarta les doigts avec un mouvement insensé.

— Est-ce que je l'ai perdue ? fit-elle comme si elle fût sortie d'un évanouissement.

— Oui, tu l'as perdue... comme tu t'es perdue ! — dit madame de Ferjol avec un regard qui redevint noir et implacable : Tu l'auras donnée à qui tu t'es donnée. — Et elle reprit toute sa dureté... Elle était tellement épouse, cette femme plus épouse que mère, que cette perte d'une bague de l'homme adoré qui l'avait portée et que sa fille avait égarée, lui paraissait chose pire que de s'être perdue elle-même. Ce soir-là, — et les jours suivants, — Agathe chercha partout dans la vaste maison la bague qui pouvait très bien être tombée du doigt amaigri de Lasthénie. Elle ne la trouva pas. Et ce fut une raison de plus pour que jamais une minute de compassion ne revînt au cœur de madame de Ferjol, et pour que ses ressentiments devinssent d'une cruauté qui ne faiblit plus !

Ce soir-là, elles oublièrent d'aller à l'église.

Si elles y étaient allées, madame de Ferjol y aurait porté la pensée qui l'avait hantée si souvent par intervalles, mais qui, finalement, s'empara d'elle comme une griffe, après ce mutisme invincible de Lasthénie. « Puisqu'elle ne veut pas me dire le nom du coupable, se dit-elle, c'est donc qu'il ne peut pas l'épouser...», et alors la pensée lui revenait de cet effrayant capucin qui lui fascinait la pensée et dont elle n'aurait pas osé prononcer le nom devant sa fille, ni dans sa conscience, à elle-même, quand elle y pensait. Ce nom seul, les lettres de ce nom seul à prononcer lui faisaient peur... Assembler les lettres de ce nom et le prononcer tout bas lui paraissait un monstrueux sacrilège... C'en était un pour elle que de mal penser d'un religieux et d'un prêtre qui, tout le temps qu'il avait vécu auprès d'elle, lui avait paru irrépréhensible. Ce qu'elle frémissait de penser, mais cependant ce qu'elle pensait — était bien possible sans doute —humainement possible ; —mais elle, la pieuse femme, qui croyait à la vertu surnaturelle des Sacrements, repoussait le possible, qu'elle regardait comme l'impos-

sible pour un prêtre nourri chaque jour de
la substance de Dieu ! « Ah ! Seigneur ! s'é-
criait-elle dans ses prières, faites, Seigneur !
que ce ne soit pas *lui* ! » Elle ne l'appelait plus
que *LUI*, — même mentalement... D'ailleurs,
à quel moment (se disait-elle quand elle
voulait raisonner contre son épouvante), le
crime aurait-il été consommé, ce crime encore
plus contre Dieu que contre sa fille ?... *Lui*
n'avait jamais vu l'une sans l'autre de ces
deux femmes qui l'avaient hébergé quarante
jours. Excepté à l'heure des repas, il n'était
jamais descendu de sa chambre, dont il avait
fait une cellule... C'était donc absurde, c'était
donc insensé, ce qu'elle pensait ! Mais ce
qu'elle pensait et ce qu'elle chassait comme
une pensée de l'enfer, revenait en elle avec
un acharnement infernal, malgré son évidente
absurdité ! Obsession, hallucination, vision
terrifiante qu'elle fixait des yeux infatigables
de son esprit, comme ce fou dont la folie
était de regarder fixement le soleil et de se
faire manger les yeux par l'astre dévorant de
lumière ; mais plus malheureuse que ce fou
bientôt aveuglé qui n'eût plus que deux trous

saignants à la place de ses yeux dévorés, elle
ne devint pas intellectuellement aveugle à
regarder l'horrible soleil intérieur qui la brûlait, et qu'elle fixait et qu'elle voyait toujours !
Cela finissait par la plonger dans des silences,
comme ceux de Lasthénie... Et si elle se dé-
tournait une minute de cette fascination ab-
sorbante dont elle demandait vainement à
Dieu de la délivrer, c'est qu'une autre pensée
non moins puissante, non moins impérieuse,
se dressait en elle, — la pensée du temps qui
marchait !

Il marchait en effet comme le temps va —
impitoyable, — et il allait tout apprendre de
la honte des dames de Ferjol à cette bourgade où elles avaient vécu dix-huit ans, respectées. Le terme de Lasthénie approchait.
Ah! il fallait partir! il fallait s'en aller! il
fallait disparaître! Madame de Ferjol, qui ne
voyait personne, fit répandre un matin, par
Agathe, au marché du bourg, qu'elle retour-
nait en son pays... C'était la seule chose qui
pouvait amoindrir le chagrin d'Agathe, affli-
gée de l'état inexplicable, et peut-être sans

remède, de Lasthénie qu'elle croyait toujours la proie d'un Démon, que de quitter ce
pays qu'elle avait en horreur, ce cul de basse
fosse où depuis dix-neuf ans elle étouffait...
Elle allait donc revoir son Cotentin et ses
herbages ! Pour s'en aller, madame de Ferjol avait prétexté la santé de sa fille. Il était
nécessaire de lui faire changer d'air. Elle
avait naturellement choisi l'air du pays qui
était le sien et où elle avait une grande fortune. Elle donna à Agathe toutes les raisons
bêtes qui cachaient la vraie et spirituelle
raison de son départ et que, ravie de son retour en Normandie, Agathe n'examina pas,
ne discuta pas, mais accepta avec une indicible joie. Elle était folle de revenir au pays
où elle était née ! Or, tout autant avec Agathe
qu'avec personne, madame de Ferjol voulait
garder le secret de sa fille qui était le sien,
puisqu'au regard de sa conscience, la grossesse de Lasthénie la déshonorait, presque
autant qu'elle. Pour cela madame de Ferjol
avait tourné et retourné sous toutes les faces
la pensée de ce qu'elle pouvait faire dans la
circonstance d'une grossesse, pour la cacher

sans crime... Car le crime, ce crime de l'avortement et de l'infanticide qui est devenu d'une si abominable fréquence dans l'état actuel de nos misérables mœurs, et qu'on pourrait appeler : *Le Crime du XIXe siècle,* l'idée n'en effleura même pas cette âme droite, religieuse et forte.

Excepté à celui-là, madame de Ferjol s'était heurtée et déchirée à tous les angles de la question terrible. Elle avait fait et défait bien des projets... Elle aurait pu s'en aller avec sa fille, par exemple, dans cet immense Paris où tout se noie et disparaît, ou dans quelque ville, à l'étranger, et en revenir, sa fille délivrée. Elle était riche. Avec de l'argent, beaucoup d'argent, on parvient à sauver tout, jusqu'aux apparences. Mais, aux yeux d'Agathe, comment justifier de s'en aller avec sa fille malade, on ne sait où, et de laisser à la maison la vieille et fidèle servante, à laquelle, dans la plus grande et la plus périlleuse circonstance de sa vie, madame de Ferjol, lors de son enlèvement, avait promis par reconnaissance de ne jamais se séparer d'elle, quoi

qu'il pût advenir... Elle le lui avait juré.
D'ailleurs, ce parti, si elle l'avait pris, aurait
certainement donné à Agathe le soupçon dont
elle ne voulait pas que sa fille fût flétrie dans
la pensée de qui la croyait un ange d'innocence pour avoir été le témoin de la pureté
de toute sa vie. C'est alors que l'idée de son
pays lui était venue ; qu'elle s'y était arrêtée.
Elle pensa qu'après vingt ans d'absence
elle devait y être bien profondément oubliée,
et que tous ceux-là qui l'avaient connue dans
sa jeunesse devaient être morts ou dispersés,
et elle se dit: « Nous irons nous engloutir
là. Agathe, ivre de son pays retrouvé, ne
verra rien de ce qui doit mourir entre moi et
Lasthénie. Nous mettrons l'épaisseur de la
sensation de son pays entre elle et nous. »
Dans ses projets, la solitude que madame de
Ferjol devait se créer serait d'un tout autre
isolement que celle dont elle avait vécu au
bourg des Cévennes. Elle n'habiterait en
Normandie ni ville, ni bourgade, ni village,
mais son vieux château d'Olonde, situé dans
ce coin de pays perdu qui est entre la côte de
la Manche et une des extrémités de la pres-

qu'île du Cotentin. Il n'y avait pas alors de grande route tracée allant de ce côté ; le château était gardé par de mauvais chemins de traverse, aux ornières profondes, et aussi, une partie de l'année, par ces vents du sud-ouest qui y soufflent la pluie, comme s'il avait été bâti, en ces chemins perdus, par quelque misanthrope ou quelque avare qui aurait voulu qu'on n'y vînt jamais... C'est là qu'elles s'enfonceraient toutes deux, comme des taupes, sous terre, ces deux Hontes !... La résolue madame de Ferjol s'était bien promis que même au dernier jour — au jour fatal, — elle n'appellerait pas de médecin, et qu'elle suffirait bien, elle toute seule, à cette besogne sacrée d'accoucher sa fille de ses mains maternelles ! Mais c'est ici que le frisson la prenait, cette héroïque et malheureuse femme ! et qu'une voix lui criait du fond de son être : « Eh bien, après ?... Après qu'elle sera délivrée ?... Il y aura l'enfant ! Ce ne sera plus la mère, mais l'enfant qu'il faudra cacher, l'enfant dont la vie pourrait tout trahir et rendre les précautions prises jusque-là, inutiles ! » Et alors elle recommençait de se dé-

battre dans le problème qu'elle voulait résoudre et qui l'étranglait comme un nœud.
Mais il n'y avait plus à délibérer. Le temps
s'en venait jour par jour, comme la mer
s'en vient, flot par flot. On ne pouvait
plus attendre. Le plus pressé, c'était de
partir ! C'était de s'arracher à cette bourgade qui les dévisageait ! Madame de Ferjol fit comme tous les désespérés, sous
l'empire d'une idée qui ne les sauvera pas,
mais qui recule la catastrophe inévitable
dans laquelle ils doivent périr. Elle se paya
de ce mot, qu'on dit sans y croire: « Qu'on
trouvera peut-être un moyen de salut au dernier moment ! » et elle se jeta, elle et sa fille,
comme dans un gouffre, dans la chaise de
poste qui les emporta.

VIII

Cette histoire sans nom d'un mystérieux
malheur domestique, tombé on ne sait d'où
ni comment, sur ces deux femmes, cachées
dans leur fond de montagnes, comme dans
l'ombre d'une citerne, mais visibles à l'œil
du Destin, se passait, en même temps, au
fond d'une autre ombre qui ajoutait à celle
là et qui l'épaississait, et c'était l'ombre du
cratère ouvert tout à coup sous les pieds de
la France et dans lequel les malheurs privés
disparurent, un instant, sous les malheurs
publics. Lorsque madame de Ferjol quitta
les Cévennes, la Révolution française, qui
commençait, n'était pas encore assez avancée
pour que son voyage en Normandie rencon-

trât les suspicions et les obstacles auxquels il aurait été exposé plus tard. Ce voyage, quoique fait en poste, fut long et pénible, Lasthénie souffrit si horriblement des cahots de la chaise de poste qui la secouait et qui la brisait, sur ces routes qui n'étaient pas alors ce qu'elles sont devenues depuis, qu'on fut obligé, à l'humiliation des postillons, encore fringants en ce temps-là, de s'arrêter tous les soirs, à la couchée, dans les auberges, non pour relayer, mais pour ne repartir que le lendemain. « Nous marchons comme un corbillard », disaient avec mépris les postillons, et ils disaient plus vrai qu'ils ne croyaient ; la voiture qu'ils menaient, renfermait presque une morte... C'était Lasthénie. Quand elle pâlissait et sursautait à tous les chocs de cette dure chaise de poste contre les pierres du chemin, elle était toujours sur le point de s'évanouir. Le Démon, qui est en embuscade dans les meilleures et les plus fortes âmes, traversait alors de l'éclair d'un désir sinistre l'âme de madame de Ferjol. « Si elle pouvait faire une fausse couche ! » pensait-elle ; mais la vertueuse

femme étouffait ce désir. Elle l'étouffait, avec
l'horreur de l'avoir conçu. Le rapprochement
de cette mère et de cette fille dans cette voiture était encore plus étroit que dans leur
éternelle embrasure de fenêtre... Elles ne s'y
parlaient pas davantage. Que se seraient-elles
dit?... Elles s'étaient tout dit... Précipitées
et absorbées en elles-mêmes, ni l'une ni
l'autre ne songea à mettre une seule fois la
tête à la portière de la voiture, pour y chercher du regard, en passant, la distraction de
quelque paysage ou l'intérêt physique de la
plus mince curiosité... Elles n'en avaient plus
pour rien... Elles passèrent les longues heures
de leurs jours de voyage dans un silence pire
que le reproche, sans pitié ni pour l'une ni
pour l'autre, — atroces toutes les deux dans
un ressentiment farouche, car elles s'en voulaient, l'une de n'avoir pu rien tirer de cette
fille stupide et obstinée qui était la sienne et
qui était là, genou à genou, avec elle, et
l'autre de tout ce que pensait d'elle sa mère,
— son injuste mère... Ce long voyage, à travers la France, fut pour elles deux *un chemin
de croix* de cent cinquante lieues..., et même

pour Agathe, malgré sa joie de retourner au pays, car Agathe souffrait de tout ce qui faisait souffrir Lasthénie. Elle avait toujours la même idée sur le mal inconnu de sa « chérie » contre lequel rien ne pouvait des remèdes humains, et pour lequel, selon elle, il n'y en avait qu'un d'efficace : l'exorcisme. Elle en avait fait luire, un jour, la nécessité aux yeux de madame de Ferjol qui, avec sa grande foi pourtant, l'avait repoussée ; — ce qui lui avait paru incompréhensible, à elle, la pieuse Agathe! Mais arrivée à Olonde, elle se promettait bien d'insister avec sa maîtresse sur ce qu'elle lui avait dit une fois. Agathe, la Normande, avait toutes les dévotions de son pays. En Normandie, une des plus anciennes puisqu'elle remonte au roi saint Louis, est la dévotion au Bienheureux Thomas de Biville, confesseur de ce roi. Elle avait le dessein d'aller les pieds nus au tombeau du saint homme, qui ajouterait la guérison de Lasthénie à tous ses autres miracles; et s'il ne la guérissait pas, c'est alors qu'elle avertirait son confesseur et qu'elle lui demanderait d'exorciser la pauvre fille. Malgré son dévouement, absolu et prouvé, à la baronne de Ferjol, et la familiarité de son langage, Agathe n'osait pas grand'chose pourtant avec cette femme imposante qui lui fermait la bouche avec un mot, et quelquefois avec un silence. C'était là, du reste, l'empire de cette âme altière sur les autres âmes que d'arrêter la sympathie dans trop de respect et de faire remonter au ciel la divine Confiance, quand elle se penchait, les bras ouverts, pour en descendre.

Elles arrivèrent enfin à Olonde, après beaucoup de jours de voyage. Si quelque chose avait pu mordre sur l'imagination ramollie de la morne et débile Lasthénie, ç'aurait été la gaieté et la splendeur du jour pleuvant sur sa tête, au sortir de cette chaise de poste, qui, pendant toute la route, lui avait fait l'effet d'un cercueil... Cette gaieté brillante d'un beau jour d'hiver (on était en janvier) comme elle n'en avait jamais vu un seul, même au printemps, dans cette cave des montagnes du Forez où une rare lumière tombait d'en haut comme d'un soupirail, aurait inondé délicieusement son âme, si

9

elle avait eu de l'âme encore, mais elle n'en
avait pas assez pour éprouver le bien de
cette soudaine et toute-puissante douche
de lumière. Le soleil clair de ce jour-là, sorti
d'une de ces *neuvaines de pluie*, comme
on dit en ces parages de l'Ouest, où elles
sont si fréquentes, faisa²· resplendir excep-
tionnellement les masses de ces campagnes,
vertes parfois jusqu'en hiver, et donnait aux
feuillages éternels des houx de leurs haies,
lustrés par ces pluies et brossés par le vent,
des étincellements d'émeraude. La Normandie, c'est la verte Erin de la France, mais
une Erin (le contraire de l'autre) cultivée,
riche et grasse, et digne de porter la couleur
des espérances heureuses et triomphalement
réalisées, tandis que la pauvre Erin de l'An-
gleterre n'a plus droit qu'à la livrée du désespoir... Malheureusement tout cela n'eut
d'action bienfaisante que sur Agathe. Madame de Ferjol, qui venait de rompre la seule
racine qui l'attachait à la terre, en aban-
donnant en un coin des Cévennes le tombeau de son mari dans lequel elle aurait
voulu qu'on la couchât après sa mort, ma-

dame de Ferjol qui n'avait plus que la pensée de sauver à tout prix l'honneur de sa fille, n'était pas plus ouverte aux impressions de ce pays que Lasthénie, devenue le berceau douloureux d'un enfant, venu comme ce squirre qu'elle avait longtemps espéré.

Hélas! elles n'étaient plus ni l'une ni l'autre sensibles aux beautés extérieures de la nature. Toutes les deux étaient, dans tous les sens, dénaturées. Elles le sentaient, avec terreur. Elles s'aimaient encore, mais une haine, — une haine involontaire, — commençait à filtrer venimeusement en cet amour sans épanchement, qu'elles avaient refoulé dans leurs cœurs et qui s'y était aigri et corrompu, comme un poison corrompt une source. Madame de Ferjol et sa fille, dépravées par les sentiments dont elles étaient la proie, s'établirent dans le château d'Olonde, leur refuge, avec l'insouciance aveugle des êtres qui ne sont plus dans la vie physique. Pour elles, la vie physique, ce fut Agathe. Seule cette vieille fille, rajeunie et renouvelée par l'idée et la vue de son pays et qui s'était mise à reboire avec un avide enchantement l'air natal, oxygéné par l'amour, put suffire à tout, en leur épargnant tout. Elle se plaça entre ces femmes qui étaient arrivées dans ce château abandonné sans prévenir personne et ce pays où elles ne voulaient connaître personne... A elle seule, Agathe rendit habitable ce vieux château presque délabré, dont elle savait les êtres par cœur et qui lui rappelait sa jeunesse. Elles le laissa sous ses persiennes, strictement fermées, mais elle rouvrit les fenêtres par-dessous les persiennes rouillées et noircies par le temps, pour donner un peu d'air aux appartements qui sentaient le *mucre,* disait-elle. Le *mucre,* en patois normand, c'est le moisi qui résulte de l'humidité. Elle battit et essuya les meubles qui craquaient et s'en allaient de vétusté. Elle retira des armoires le linge empilé et jauni par un si grand nombre d'années, et mit les draps aux lits qu'elle chauffa pour en ôter l'impression sépulcrale que font à nos corps les vieux draps, restés longtemps sans être dépliés dans les armoires. Malgré les trois personnes qui y étaient revenues, l'aspect extérieur du château ne changea pas. Il sembla toujours qu'il n'y avait *plus là âme qui vive* pour les paysans qui passaient au pied et qui n'y faisaient pas plus attention que s'il n'avait jamais existé. Ils l'avaient vu toujours à la même place, ayant, sous ses contrevents et ses obliques condamnés, la même physionomie d'*excommunié,* comme ils disaient, expression religieuse des temps antérieurs, profonde et sinistre, et l'habitude de le voir les avait blasés sur cette chose singulière d'un château frappé d'un abandon qui ressemblait à la mort.

Les fermiers d'Olonde habitaient assez loin de la demeure des maîtres pour ignorer ce qui s'y passait depuis l'arrivée en cachette des dames de Ferjol. Agathe, qui avait trente ans quand elle disparut dans l'enlèvement de mademoiselle d'Olonde et changée de visage par vingt ans d'absence, n'avait plus personne qui s'en souvînt dans la contrée et qui pût la reconnaître, quand elle allait tous les samedis pour la provision aux marchés des alentours. Ce n'était plus parmi

les paysannes qu'une autre vieille paysanne
qui payait comptant tout ce qu'elle achetait,
et qui reprenait solitairement le chemin d'O-
londe, sans avoir dit un mot à qui que ce
fût... Parmi les paysans normands, le silence
qu'on garde produit le silence qui s'impose.
Ils sont tellement défiants qu'ils ne se livrent
que quand on fait les premiers pas vers eux...
D'ailleurs, pendant le peu de temps qui va
s'écouler jusqu'au dénoûment de cette histoire, Agathe ne rencontra pas un seul curieux qui pût l'embarrasser dans une contrée
où chacun n'est préoccupé que de ses
propres affaires. Les chemins qui condui-
saient à Olonde étaient presque toujours
déserts, car le château est assez loin des
routes qui conduisent directement par là aux
villages de Denneville et de Saint-Germain-
sur-Ay. Elle ne rentrait point au château
par la grande grille rouillée qui avait un
volet intérieur, masquant entièrement la
grande cour, mais par une petite porte basse,
dissimulée dans un angle de mur du jardin,
au-delà du château. Avant de mettre la clef
dans la serrure, la prudente Agathe regardait

autour d'elle comme si elle eût été une vo-
leuse. Mais c'était là une précaution vaine.
Jamais elle ne vit dans ces chemins défoncés,
où les charrettes coulaient dans les ornières
jusqu'à l'essieu, quoi que ce soit qui pût l'inquiéter.

Ainsi qu'elle se l'était promis, madame de
Ferjol se fit donc là une solitude plus profonde que celle de sa petite bourgade du Forez. Ce ne fut pas seulement une solitude, ce
fut la captivité dans la solitude... Lasthénie,
qui avait toujours tremblé devant sa mère,
l'obéissante Lasthénie qui, dès l'enfance,
s'était soumise à toutes les décisions de cette
âme despote, démoralisée maintenant et anéantie, ne se révolta pas contre cet isolement
que lui imposait l'énergique volonté de madame de Ferjol. L'idée d'honneur comme le
comprend le monde tenait moins de place
dans sa tête virginale, ignorante et affaiblie
que dans celle de sa mère. Détrempée dans
tant de larmes, son âme était devenue une
molle argile sous le rude pouce d'une *sculp-
trice* à laquelle le marbre même n'aurait pas
résisté. Quant à Agathe, avec son fanatisme

pour la jeune fille, chez laquelle elle n'aurait
jamais soupçonné que la pureté ne fût pas
immaculée, elle ne s'étonna pas de cette pro-
digieuse et mystérieuse solitude. Elle trouvait
tout simple que madame de Ferjol voulût cacher
l'état de Lasthénie qui ne devait pas être vue
dans une pareille ruine de tout son être dans la
patrie de sa mère et dont il ne fallait pas qu'on
dît : « Voilà donc ce que cette fière mademoiselle d'Olonde a retiré et rapporté de son
scandaleux enlèvement ! » D'ailleurs Agathe
avait dans la tête son remède surnaturel pour
Lasthénie, et c'était le projet qu'elle ruminait
d'un pèlerinage au tombeau du Bienheureux
Thomas de Biville, puis finalement l'exorcisme, si les prières au tombeau du Bienheureux n'étaient pas exaucées. C'était la suprême espérance de cette âme pleine d'une
foi naïve, et naïve, la foi l'est toujours ! Madame de Ferjol ne rencontra ni d'obstacle, ni
même d'observation de la part de sa fille et
de sa vieille servante sans laquelle elle n'aurait pas su se créer l'existence cloîtrée qu'elle
réalisa. Olonde, en effet, fut un cloître — un
cloître à trois, — mais sans chapelle et sans

offices, — et ce fut là pour madame de Ferjol
une peine et un remords de plus. Elle n'aurait
pu, même voilée, aller à la messe aux paroisses
voisines. C'était un danger que de laisser, dans
ce dernier mois d'attente et d'anxiété, une seule
minute, Lasthénie. Il faut que je lui sacrifie
(pensait-elle avec ressentiment) jusqu'à mes
devoirs religieux et les devoirs pesaient plus
à cette janséniste qu'à personne. « Elle nous
damne toutes les deux, » — ajoutait-elle avec
sa violence et sa rigidité exaltée. Et c'est ce
sentiment religieux qu'il serait nécessaire de
comprendre pour bien savoir ce que cette
forte femme souffrait au fond de sa conscience. Le comprendra-t-on ?... C'est bien
incertain. Cette maison que j'ai comparée,
pour la solitude, à un cloître isolé et morne
sans religieuses et sans chapelle, eut bientôt,
pour elle et Lasthénie, l'étroitesse étouffante
de cette voiture qui pendant le voyage leur
avait fait l'effet d'un cercueil. Heureusement
(si un tel mot peut trouver sa place dans une
si navrante histoire), heureusement, ce cercueil d'une maison avait encore assez d'espace pour qu'on pût physiquement y respirer.

Les murs du jardin, qui depuis longtemps n'était plus cultivé, étaient assez hauts pour cacher les deux recluses, quand elles avaient besoin de faire quelques pas au dehors pour ne pas mourir de leur solitude, comme cette énergique princesse d'Eboli, verrouillée par la jalousie de Philippe II dans une chambre aux fenêtres grillées et cadenassées, mourut de la sienne, en quatorze mois, n'ayant d'autre air à respirer que celui qui lui sortait de la bouche et qui lui rentrait dans la poitrine, s'asphyxiant d'elle-même, effroyable torture !... Au bout de quelques jours, du reste, Lasthénie ne descendit plus au jardin. Elle aima mieux rester étendue sur la chaise longue de sa chambre où sa mère la remplaçait la nuit, — car elle était là, toujours là, madame de Ferjol, comme un geôlier et pire qu'un geôlier, puisqu'en prison, on n'est pas toujours tête à tête avec son geôlier — tandis que Lasthénie vivait avec le sien, silencieux maintenant, mais omniprésent et implacable dans son tenace silence ! Madame de Ferjol avait pris un parti qui donne une idée de la fermeté de son âme. Elle ne disait plus rien à Lasthénie. Elle ne lui reprochait plus rien. Elle avait senti l'impossibilité de vaincre cette fille si faible, elle si forte ! et sa force lui retombait sur le cœur. Hélas ! ce silence n'avait, toute leur vie, que trop existé entre ces deux femmes, mais alors il devint absolu. Il devint le silence de deux mortes, mais de deux mortes enfermées dans la même bière, de deux mortes qui n'étaient pas mortes, qui se voyaient et se touchaient sous les quatre planches qui les comprimaient l'une sur l'autre, éternellement muettes. Ce silence funèbre entre elles était le plus insupportable de leurs supplices... Ce n'est pas la prière, comme dit le mystique Saint-Martin, qui est la respiration de l'âme humaine. Non ! c'est la parole tout entière, et quoi qu'elle exprime, haine ou amour, soit qu'elle maudisse ou bénisse, soit qu'elle prie ou blasphème ! Aussi, se condamner au silence, c'est se condamner à étouffer sans mourir, Elles s'y étaient, de volonté et de désespoir, condamnées. Leur silence mutuel était à chacune des deux un bourreau. Madame de Ferjol, dont rien ne pouvait tuer la foi profonde, parlait

encore à Dieu ; elle se jetait à genoux
devant sa fille et priait tout bas. Mais Lasthénie ne priait plus, ne parlait pas plus à
Dieu qu'à sa mère et même souriait d'un
mauvais sourire, vaguement méprisant, en
la regardant, quand elle la voyait prier au
bord de son lit, agenouillée. Pour cette op-
primée du Destin, il n'y avait ni de justice
en Dieu, ni de justice humaine, puisque sa
mère n'en avait pas pour elle. Ah ! d'elles
deux, c'était toujours la pauvre Lasthénie
qui était la plus malheureuse! Quant à
Agathe, sans cesse écartée par madame de
Ferjol, elle n'osait pas venir travailler dans
cette chambre où l'on ne parlait plus et,
quoique la mort dans l'âme de l'état de
Lasthénie, elle reprenait cependant avec
émotion, dans ce château où elle avait vécu
son temps de jeunesse, possession des choses
qui l'entouraient et « qui la connaissaient »
disait-elle, et elle vaguait dans le jardin,
autour du puits, partout, s'occupant seule
de ces soins domestiques, dont ses maîtresses semblaient avoir perdu[jusqu'à la
notion. Sans Agathe qui les faisait manger

comme on fait manger des enfants ou des
fous, elles seraient peut-être mortes de faim,
dans l'absorption des pensées qui les dévo-
raient.

IX

Un soir, des symptômes certains d'une délivrance prochaine apparurent à madame de
Ferjol, — et quoiqu'elle s'attendît à l'événement qui allait se produire, elle ne le vit
pas approcher sans trouble. Solennel et me-
naçant, il pouvait, sous ses mains inexpéri-
mentées, devenir aisément tragique et mortel.
Elle s'y prépara cependant avec une volonté
qui dominait ses nerfs. Les souffrances de
Lasthénie étaient de celles-là sur lesquelles
les femmes qui ont passé par elles, ne peuvent
pas se tromper. Lasthénie accoucha dans la
nuit. Quand l'inquiétant travail commença :
« Mordez vos draps pour ne pas crier, —
dit madame de Ferjol. Tâchez donc d'avoir

ce courage ! » Lasthénie l'eut comme si elle
avait été forte. Elle ne poussa pas un seul
cri, qui, d'ailleurs, n'eût averti personne
dans cette maison, à laquelle la nuit ne pouvait pas ajouter un silence de plus, tant le
jour elle était silencieuse ! Le seul être qui
aurait pu entendre Lasthénie était Agathe,
mais elle couchait dans une chambre placée à
l'extrémité du château, hors de toute atteinte
de la voix, si Lasthénie avait crié. Toutes les
précautions avaient été bien prises par la
prudente madame de Ferjol. Néanmoins il y
eut encore pour elle, malgré ses précautions,
un moment terrible. La peur de l'incertain
la prit ; une défiance insensée ! Elle était bien
sûre qu'il n'y avait là qu'elles deux, et cependant elle osa aller, le cœur palpitant,
ouvrir toute grande la porte fermée pour
voir s'il n'y avait personne derrière, et regarder dans le sombre du corridor. Elle imaginait là Agathe accroupie. Il était bien impossible qu'il y eût quelqu'un ! N'importe !
elle y alla avec la transe au cœur que connaissent les superstitieux qui ne sont pas bien
sûrs de ne pas voir, tout à l'heure, se dresser

un spectre dans le noir béant de la nuit. Ici
le spectre aurait été Agathe!... Tremblante,
elle sonda d'un œil dilaté les ténèbres du corridor, et pâle de la terreur involontaire des
gens braves, elle revint au bord du lit où sa
fille, dans une agonie convulsive de douleur,
se tordait, et elle l'aida à se débarrasser de
son fardeau...

L'enfant que Lasthénie mit au monde avait
sans doute épuisé, pendant qu'elle le portait,
toutes les souffrances qu'il pouvait donner à
sa mère. Il était mort quand il sortit d'elle...
Lasthénie accoucha comme un cadavre, qui
se viderait d'un autre cadavre... Ce qui restait de vie, en effet, à cette fille inanimée,
peut-on dire que ce fût de la vie?... madame
de Ferjol, qui s'était reproché, pendant tout
son voyage à Olonde, ce désir d'une fausse
couche, déterminée par quelque accident de
voiture, qui eût sauvé l'avenir de sa fille, ne
put s'empêcher de sentir une joie profonde
de cette mort dont personne n'était coupable...
Elle remercia Dieu de la perte de cet enfant,
qu'elle avait lugubrement nommé « Tristan »
dans sa pensée, s'il avait vécu, et elle adora

la Providence de l'avoir pris avant sa naissance, comme si elle avait voulu lui épargner,
ainsi qu'à sa fille, d'autres hontes et d'autres
douleurs. Pour elle aussi, madame de Ferjol,
c'était une délivrance! Cette mort la déli-
vrait d'un enfant qu'il aurait fallu cacher dans
la vie, comme elle l'avait caché, mais à quel
prix! dans le sein de sa mère et qui, vivant,
aurait fait rougir Lasthénie de cette immor-
telle rougeur de la honte, que les bâtards in-
fligent aux joues de leurs mères, comme un
soufflet de bourreau.

Mais sa joie fut cruelle encore. Quand elle
eut détaché l'enfant de sa mère, elle le lui
montra. « Voilà votre crime et son expiation! » lui dit-elle.

Lasthénie regarda l'enfant mort, avec des
yeux qui l'étaient autant que lui, et tout son
corps qui n'en pouvait plus, frissonna. « Il
est plus heureux que moi », murmura-t-elle
seulement, pendant que madame de Ferjol
épiait sur son front l'expression d'un sentiment qu'elle s'étonna de n'y pas trouver.
Elle y cherchait de la tendresse. Elle n'y
trouva que de l'horreur, l'horreur éternelle,

familière à ce front à laquelle semblait vouée
fatalement Lasthénie. Elle, madame de Ferjol, la femme passionnée qui avait aimé, et
de quel amour ! l'homme qui l'avait épousée,
ne vit, dans ce visage raviné par les larmes,
rien de ce qui explique et innocente tout —
l'amour ! Elle avait involontairement compté
sur l'instant suprême de cet accouchement
où, par dévouement maternel, elle s'était fait
la sage-femme de sa fille pour que tout restât
entre elles deux et Dieu seul, de cette virgi-
nité perdue ; et il fallait renoncer à l'espoir
de cette lueur dernière, pour pénétrer le
mystère de l'âme de Lasthénie ! Cette lueur
espérée s'éteignit dans cet accouchement
clandestin d'un enfant qui n'avait pas de père!
A la même heure de cette nuit funeste dont
madame de Ferjol ne dut jamais oublier les
sensations, il y avait certainement dans le
monde bien des femmes heureuses, qui accou-
chaient d'êtres vivants, fruits d'un amour
partagé et qui tombaient des flancs d'une
mère délivrée dans les bras d'un père fou d'a-
mour et d'orgueil! Mais y en avait-il une
seule, y en avait-il *une seconde* dont la des-

tinée ressemblât à la destinée de Lasthénie,
sur qui la nuit, la peur et la mort entassaient
leurs triples ténèbres, pour cacher à jamais
l'enfant sans nom de cette lamentable histoire
sans nom ?...

Et la nuit, — la sombre et longue nuit,
— la nuit aux angoisses, — aux inoubliables
angoisses n'était pas finie pour madame de
Ferjol. Il y en avait une encore, de ces angoisses, à dévorer... L'enfant était venu
mort, affreux bonheur ! Mais le cadavre ?...
que faire de ce cadavre, le dernier indice accusateur de la faute de Lasthénie ? Comment
le faire disparaître ? Comment effacer le dernier vestige de cette honte, pour que tout,
de cette honte, excepté dans leurs deux
âmes, fût anéanti ?.. Elle y pensait, madame
de Ferjol ; et ce qu'elle pensait, l'effrayait ;
mais c'était une organisation normande et de
race héroïque. Elle pouvait avoir le cœur
terrifié ou déchiré, elle commandait à son
cœur ; et toujours, elle faisait, en tremblant,
ce qu'elle avait à faire, comme si elle eût été
impassible. Pendant le sommeil où tombent
les nouvelles accouchées et dans lequel tomba

Lasthénie, madame de Ferjol prit le cadavre
de l'enfant mort, — et l'ayant enroulé dans
une de ces layettes qu'elle avait cousues, en
leurs longues heures de silence auprès de sa
fille, qui n'avait jamais eu, elle, la force d'y
travailler, elle l'emporta hors de la chambre,
qu'elle ferma à la clef pour le temps où elle
devait rester sortie. Elle ne savait point si
Lasthénie ne se réveillerait pas, mais la nécessité, la nécessité aux mains de bronze, lui
fit courir cette chance du réveil de Lasthénie... Elle avait allumé une lanterne sourde
et elle descendit au jardin où elle se souvenait d'avoir vu une vieille bêche oubliée dans
un coin de mur, et c'est avec cette bêche et
dans ce coin de mur qu'elle eut le courage
de creuser une fosse pour l'enfant mort et de
la mort de qui elle était innocente !... Elle
l'enterra de ses propres mains, de ses mains
si fières autrefois, et devenues pieuses, et
maintenant si profondément humiliées. Tout
en creusant son sinistre trou, à la dérobée,
dans cette nuit noire, sous les étoiles qui la
regardaient faire, mais qui ne diraient pas
qu'elles l'avaient vue, elle ne pouvait s'em-

pêcher de songer aux infanticides, qui peut-
être dans ce moment, faisaient, dans l'univers, ce qu'elle faisait nuitamment en présence
de ce ciel constellé... « Je l'enterre comme
si je l'avais tué », pensait-elle — et une histoire surtout, une histoire atroce qu'elle avait
autrefois entendu raconter, lui revenait à la
mémoire. C'était celle d'une jeune servante
de dix-sept ans, qui s'était elle-même accou-
chée, une nuit, d'un enfant qu'elle avait
étranglé et que le matin (un dimanche, et elle
avait l'habitude d'aller ce jour-là à la messe),
elle mit dans la poche de sa jupe et garda et
porta sur sa cuisse tout le temps de la messe,
pour le jeter, en revenant, sous l'arche d'un
pont solitaire qui se trouvait sur son chemin
et par où personne ne passait... Madame de
Ferjol était poursuivie, persécutée par le
souvenir de cette abominable histoire. Fré-
missante et glacée comme si elle avait été
coupable, elle piétina et tassa longtemps la
terre amoncelée sur... ce qui aurait pu être
son petit-fils, et quand elle fut sûre qu'il n'y
avait plus là trace de tombe, elle remonta
toute pâle de ce qui ressemblait à un crime,

mais de ce qui n'en était pas un, dans la
chambre où Lasthénie dormait encore. Quand
celle-ci s'éveilla, dans cette hébétude de tout
l'être qui suit les grandes douleurs de l'accouchement, elle ne demanda pas à revoir
l'enfant mort qu'elle venait de mettre au
monde. On eût dit qu'elle l'avait déjà oublié... Cela fit réfléchir madame de Ferjol
qui ne lui en parla pas non plus, voulant savoir si elle, Lasthénie, en parlerait la première... Mais chose étrange et presque mons-
trueuse! elle n'en parla pas, — et même,
elle n'en parla jamais plus... Lui manquait-
il, à cette suave Lasthénie, adorable quelques
jours, ce sentiment de la maternité qui est la
racine de toute femme, car les femmes, même
violées, aiment leurs enfants morts et les
pleurent? Ni cette nuit, ni les jours suivants
elle ne sortit de sa silencieuse apathie. Les
larmes continuèrent à couler sur son visage,
creusé par les larmes, mais rien de plus ne
s'ajouta à ce qui les faisait couler depuis six
mois...

Une fois relevée de sa couche, Lasthénie
resta la même, au ventre près, que pendant

sa grossesse. Ce fut le même accablement,
la même pâleur, la même stupeur, le même
retirement en elle-même et le même égarement quand elle en sortait, le même hébéte-
ment, la même démence muette ! Le coup
déshonorant de l'incrédulité de sa mère à son
innocence et l'inexplicabilité de sa grossesse
lui avaient fait au cœur une blessure qui sai-
gnerait toujours et dont elle ne devait jamais
guérir.

Sa mère, elle, rassurée par l'idée du secret, impénétrable maintenant, de la faute
de sa fille, s'adoucit, et, chrétienne, se rap-
pela peut-être le mot chrétien : « A tout péché
miséricorde ! » Du moins, elle n'eut plus
avec Lasthénie l'irritabilité accoutumée
qu'elle n'avait pu, malgré son caractère et la
force de sa raison, maîtriser. Les choses irré-
parables sont comme la mort, et on accepte
l'idée de la mort ; mais Lasthénie n'accepta
pas l'idée de l'irréparabilité de sa faute. De
ces deux femmes, ce fut la plus faible qui se
montra la plus profonde... Lasthénie ne se
modifia pas dans ses relations avec sa mère.
Fleur flétrie, elle ne releva pas sa tête humi-

liée. Elle fut impitoyable pour cette mère
adoucie. Elle garda dans sa blessure ce
poignard qu'il est impossible d'en arracher
quand on en a été frappé, — et qui s'y soude,
et qu'on appelle le ressentiment. Après les
jours forcés de sa convalescence, elle sortit
du lit, mais à son visage défait, à sa langueur, à l'évanouissement de tout son être,
on aurait très bien pu croire qu'elle aurait
dû y rester, — et que son mal était incurable et mortel... Agathe, qui avait espéré,
tout le temps qu'elle était restée au lit, en
quelque crise, peut-être heureuse, qui
sait? voyant que le pays adoré, auquel elle
attribuait la puissance de tous les miracles,
ne pouvait rien sur « sa chérie, » s'enfon-
çant un peu plus dans son immanente
pensée que « le démon la tenait, » et qu'elle
était « une possédée, » finit par demander
à madame de Ferjol la permission d'aller en
pèlerinage au tombeau du bienheureux Thomas de Biville, et madame de Ferjol le lui
accorda.

Agathe y alla donc, les pieds nus, avec la
simplicité des pèlerins du Moyen Age qu'on

retrouve encore, malgré les progrès de l'incrédulité contemporaine, dans ce pays aux
profondes coutumes... Elle rentra à Olonde,
après quatre jours d'absence, mais elle y
rentra sans espérance et plus triste que
quand elle en était partie. Elle doutait
maintenant du miracle qu'elle avait demandé
avec une foi si robuste de certitude, car une
chose — une chose surnaturelle et formidable — troublait dans son âme, perméable
à toutes les influences et à toutes les traditions
du milieu dans lequel elle avait vécu ses
jeunes années, la sécurité de sa foi. Agathe
avait la croyance religieuse de son pays,
mais elle en avait aussi les superstitions. Une
chose effrayante, dont elle avait entendu parler cent fois dans son enfance, elle venait de
la voir de ses propres yeux, — de ses yeux
de chair... et c'était pour elle, comme pour
les paysans de ces contrées, un présage de
mort, ce qu'elle avait vu !

Elle était alors dans les chemins d'Olonde,
très attardée à cause de ses pieds nus, las-
sés, et sur lesquels elle revenait comme elle
était partie, conformément au vœu qu'elle

avait fait pour la guérison de Lasthénie. La
nuit était très avancée ; la campagne sans
maisons de ce côté-là, et sans personne qui
y passât de près ou de loin. C'était autour
d'elle un infini de solitude et de silence. Elle
se hâtait parce qu'elle était seule, mais elle
n'avait peur ni de ce silence ni de cette solitude. Elle avait toute la tranquillité de son
esprit qui ressemblait à sa conscience. Le
matin elle avait communié, et cette circonstance coulait et étendait dans son âme un
calme divin. La lune, levée depuis longtemps, mettait de son côté son calme, divin
aussi, dans la nature, comme l'hostie du matin l'avait mis dans l'âme de cette chrétienne,
et ces deux calmes se regardaient, face à
face, dans cette nuit placide. Tout à coup,
dans ces chemins de traverse qui se res-
sèrent à quelques endroits, la route que suivait Agathe n'eut guère plus que la largeur
d'un sentier, et c'est à l'instant où ce chemin changeait qu'elle aperçut encore assez
loin d'elle, dans le reflet bleuissant de la
lune, quelque chose de blanchâtre qu'elle prît
pour un brouillard qui commençait de se

lever de terre — de cette terre toujours un peu humide en ces parages de Normandie. Mais en avançant, elle vit nettement que ce qu'elle prenait pour du brouillard, c'était un cercueil placé en travers de la route et qui la barrait... Dans les traditions et dans les croyances anciennes du pays, ce cercueil mystérieux, sans personne auprès, et qui semblait abandonné, comme si les gens qui le portaient se fussent enfuis, était, quand on le rencontrait par les nuits claires, un signe certain de mort prochaine, et pour en conjurer le mauvais présage, il fallait, disait-on, avoir le courage de le soulever et de le retourner bout pour bout... D'aucuns, dans les récits qu'on avait faits autrefois à Agathe, méprisant cette apparence comme une illusion de leur sens, avaient eu la témérité de passer outre, enjambant irrévérencieusement ce cercueil comme si c'était un échalier, mais au jour levant on les avait retrouvés sans connaissance à la même place, et toujours dans l'année, on les avait vus blémir misérablement et mourir. De nature, Agathe était courageuse et trop religieuse pour avoir grand'peur de la mort, mais ce ne fut pas à la sienne qu'elle pensa, ce fut à celle de Lasthénie. Malgré sa religion et son courage, elle resta donc figée un instant devant ce cercueil qui, à chaque pas qu'elle avait fait en s'en approchant, lui avait paru plus net, plus distinct, plus palpable aux yeux et à la main. La lune, ce pâle soleil des fantômes, le dessinait, et en faisait bomber la blancheur sur l'ombre noire du sentier, entre ses deux haies.

« Ah ! se dit-elle, si c'était pour moi, peut-être que je n'aurais pas la force de le retourner, mais pour elle ! » et après s'être agenouillée dans le chemin creux et avoir récité une dizaine de chapelet, — elle s'appuyait sur la prière pour ne pas défaillir ! — elle fit un signe de croix encore et, enfin, osa !...

Mais le cercueil pesait trop pour être soulevé par sa main et ceci la frappa au cœur ! car le sort et la mort qu'il prédisait n'étaient conjurés que si on avait la force de le retourner, et elle ne l'avait pas !... Il était trop lourd. Il résistait. Elle s'efforça, mais

l'effort n'est pas de la force! L'ironique et
terrible cercueil avait l'air de se moquer
d'elle. Il ne bougea pas. Il semblait cloué au
sol. Pour tant peser, se disait-elle, il faut
qu'il y ait une morte dedans?.,. et toujours
elle pensait à Lasthénie... Voulant ce qu'elle
voulait et d'une volonté à déraciner les montagnes, mais qui ne pouvait cependant pas
soulever ces quatre misérables planches de
sapin ; désespérée de sa faiblesse et de cet
augure, elle se remit à prier... inutilement
encore; puis, consternée, l'âme vaincue et
ne pouvant pas rester là toute la nuit, elle
passa le long de l'étroite langue de terre qui
s'allongeait des deux côtés, entre le cercueil
et les haies. Maintenant, elle obéissait à la
peur. Elle en avait le tremblement sur ces
mains qui venaient de toucher cette froide
bière et dont elle avait matériellement senti
la réalité sur sa chair... Seulement, une fois
éloignée, elle eut un remords et se dit courageusement: « Si j'allais essayer encore?... » Mais quand elle se retourna pour
y aller, elle ne vit plus rien que la route, la
route droite et vide... Le cercueil avait dis-

paru... Elle n'en eût pas même reconnu la place. Le chemin avait repris sa noirceur d'ombre, entre ses deux haies éclairées par la lune et immobiles, — car il ne faisait pas de vent, cette nuit-là, chose inaccoutumée à ces endroits voisins de la mer... Dieu ne soufflait pas, disait-elle. L'air, sans haleine, était aux lutins qui sont des démons. Aussi, en proie à une terreur qui lui venait et qui lui envahissait toute l'âme, dans cette nuit sans souffle, où le clair de lune lui-même ne lui paraissait pas « *comme un clair de lune ordinaire* », elle se hâta et marcha plus vite, mais, en marchant, la lune qu'elle avait à sa gauche et sur le fil de l'horizon, lui semblait marcher du même pas qu'elle et lui faisait l'effet d'une tête de mort qui l'aurait obstinément accompagnée. Tout en marchant, elle en blêmissait. Ses dents claquaient. Et, quand, à une certaine bifurcation du chemin, la lune qu'elle avait eue à son coude, se trouva, par le fait de la courbure du chemin, derrière elle : « Je crus, — disait-elle bien longtemps après, quand ce souvenir glaçait sa pensée, — que cette tête de mort, roulant dans le ciel, me poursuivait et venait sur moi pour me casser mes vieilles jambes, comme une diabolique boule à quilles, et que je n'arriverais jamais sur elles à la maison. »

Cependant, elle arriva à Olonde, mais toute démoralisée. Ce qu'elle venait de voir lui faisait craindre un malheur subit qu'elle y aurait trouvé, en y rentrant; seule, la morne tranquillité de la maison la rassura. Dormaient-elles ? Ne dormaient-elles pas, la mère et la fille ?... Nul bruit ne venait de leurs appartements fermés. Le lendemain, elle crut que Lasthénie était un peu moins affaissée que quand elle était partie pour son pèlerinage, et sans l'apparition de la nuit, elle aurait attribué à ses dévotions l'espèce de redressement qu'elle croyait voir dans sa pauvre Lasthénie écrasée... Elle raconta les circonstances de son voyage à madame de Ferjol, mais elle tut son apparition. « A quoi bon? se dit-elle, elle ne me croirait pas. » Mais madame de Ferjol croyait aux prières et aux miracles que les prières pouvaient décider, et elle dit à Agathe « que Lasthénie se ressentait déjà des

siennes au tombeau du bienheureux Confesseur. » Elle pesa même sur le mieux de sa
fille et d'autant qu'elle avait soif de reprendre
ses pratiques extérieures de piété, interrom-
pues par la vie cachée qu'elle avait été obligée de mener à Olonde. « Nous pourrons
donc aller à la messe, » dit elle à Agathe ; et
nous, c'étaient elle et Lasthénie, car Agathe
n'y avait pas manqué. Agathe n'avait point à
se reprocher le péché mortel de manquer à la
messe, que se reprochait madame de Ferjol
et qui était une conséquence du crime de Lasthénie. La vieille servante avait toujours
trouvé le moyen d'aller « prendre une messe »
aux paroisses voisines d'Olonde, comme elle
disait. Elle y allait, la tête couverte de la
cape de son mantelet noir, par-dessus sa
coiffe, — et pas plus là, contre le portail de
l'église, où elle se tenait jouxte le bénitier
pour sortir la première, la messe dite, elle
n'avait été plus reconnue qu'au marché de
Saint-Sauveur, quand elle y allait le samedi
faire les provisions de la semaine. Parmi les
assistants de cette messe qui n'avaient aucun
intérêt (le grand mot normand !) à savoir qui

elle était, on la prenait pour une paysanne
de plus. Mais ce qui avait été possible à
Agathe ne l'était point pour madame de Ferjol... Aussi quand elle crut que le temps
pouvait être venu de retourner à l'église et
d'entendre la sainte messe, elle eut non pas
une joie, — elle était trop triste de l'état de
sa fille pour avoir une joie, — mais quelque
chose comme une plus large dilatation dans
son cœur si longtemps et si horriblement
étreint! Elle qui ne s'abandonnait jamais et
qui avait le sens pratique des réalités de la vie,
elle avait pensé que *maintenant* elle et sa fille
devaient sortir de ce strict et formidable in-
cognito qu'elle avait voulu et gardé jusque-là.
« Vous pouvez, dit-elle à Agathe, annoncer au
fermier de la terre que nous sommes arrivées
à Olonde subitement, et de nuit, et que nous
y sommes revenues pour y demeurer. » Et
elle enjoignit surtout à Agathe d'insister sur
la souffrance de Lasthénie, malade depuis des
mois et qui venait chercher, dans le pays de
sa mère, un autre air que celui des Cévennes,
parce que cette circonstance de la souffrance de Lasthénie l'empêcherait de rece-

voir personne jusqu'à son entière guérison.

Précaution vaine, du reste! Le temps n'était guère à ce moment-là aux relations de monde et de société, mais madame de Ferjol, dévorée par le malheur de sa fille, ignorait profondément ce qui se passait autour d'elle. La Révolution française marchait alors comme une fièvre putride, et elle allait entrer dans la période aiguë du délire.

A Olonde, on ne le savait pas! La sanglante tragédie politique qui allait avoir la France pour théâtre, les deux malheureuses châtelaines d'Olonde ne s'en doutaient même pas, du fond de la tragédie domestique qui avait pour théâtre leur sombre logis. Elle parlait de messe, madame de Ferjol? Encore un peu de temps, il n'y en aurait plus, et elle ne pourrait plus s'agenouiller devant ces autels qui sont les colonnes où devraient s'appuyer tous les cœurs brisés d'ici-bas!

X

Quand madame de Ferjol se montra, à la
messe d'une des paroisses qui entourent
Olonde, elle ne produisit donc pas cet effet
de curiosité et de surprise qu'elle aurait produit dans un autre temps. La préoccupation,
enthousiaste chez les uns, effrayée chez les
autres, d'une Révolution qui bouleversait
toutes les têtes (même en Normandie où le
bon sens est séculaire) en attendant qu'elle
les fît tomber, empêcha de beaucoup remarquer la venue de madame de Ferjol dans
ce pays qui avait, du reste, presque oublié
l'ancien scandale de son enlèvement. Le
château d'Olonde, qui, pendant tant d'années,
avait eu l'air de dormir au bord de la route

où étaient plantées ses trois tourelles, ouvrit
ses paupières, un matin, c'est-à-dire ses persiennes noircies et moisies par l'action du
temps et des pluies, et l'on vit passer aux fenêtres la blanche coiffe de la vieille Agathe.
Le rideau intérieur de planches, qui doublait
la grille de la cour d'honneur, disparut, et
pour les rares passants de ces contrées, la
vie dans ses menus détails sembla avoir
repris sans bruit ce château frappé de la
mort, pire que la mort, de l'abandon.
Mais, à la réflexion près de ceux qui
passaient par là, le séjour de madame de
Ferjol à Olonde ne fit pas plus d'étonnement
et d'éclat dans le pays que son arrivée. Elle
y vécut aussi solitaire, ne se cachant pas,
qu'elle y avait vécu, cachée. Elle resta dans
ce tête-à-tête avec sa fille qui devait étré toute
sa vie et que toute autre présence que celle
d'Agathe ne devait jamais troubler. Elle
pensait toujours à ce tête-à-tête, qui était
pour elles deux — la mère et la fille — la fatalité de l'avenir ! Aucun mariage (songeait-
elle souvent) n'est plus possible pour Lasthénie. Comment dire à l'homme qui l'aime-

rait assez pour l'épouser, et qui croirait, en
l'épousant, épouser une jeune fille, qu'elle
n'était plus qu'une veuve, et une veuve qui ne
peut plus sortir de l'abjection de son veuvage ?... Comment faire la confidence du dé-
shonneur de Lasthénie à un homme (n'y eût-
il que celui-là sous la calotte des cieux !) qui
viendrait demander sa main à sa mère, avec
toute la foi et toutes les espérances de l'amour ?
Probité, loyauté, religion, tous les atomes
divins qui composaient cette noble femme, se
levaient en madame de Ferjol pour repousser
une telle pensée, et de toutes celles qui lui
crucifiaient l'âme, ce n'était pas la moins sai-
gnante ! Sans doute, dans l'état de prostra-
tion et de dépérissement où Lasthénie était
plongée, elle ne pouvait plus inspirer que de
la pitié ; mais elle était si jeune, et il y a de si
puissantes ressources dans la jeunesse ! Seulement il n'y a pas de ressources contre la
nécessité de dire la vérité, sous peine d'être
infâme ! Et c'est cette idée d'infamie qui liait
l'existence et le destin de madame de Ferjol
au destin et à l'existence de sa fille, et qui les
condamnait à vivre ensemble, dans cet iso-

lement qu'elles ne connaissaient que trop; —
le terrible isolement des âmes, quand les cœurs
sont dans l'espace, cœur contre cœur.....

Mais cette hypothèse d'un homme qui ai-
merait un jour Lasthénie ne fut rien de plus
qu'un rêve de sa mère, qui ajouta sa douleur
à toutes celles que la réalité infligeait à madame de Ferjol. Lasthénie, chez qui madame
de Ferjol avait cherché vainement un seul signe
d'amour trahi, la triste nuit qu'elle devint
mère, Lasthénie devait mourir sans êtr- imée.
Sa beauté perdue ne refleurit pas. Elle ne lui
revint point, ramenée par sa jeunesse. Quoi
qu'elle eût dit à Agathe, le jour qu'elle revint
de son pèlerinage, que Lasthénie allait
mieux, madame de Ferjol, qui voulait le
croire plus qu'elle ne le croyait, ne le crut
plus du tout, quand elle vit les jours et les
mois s'entasser sur cette tête, charmante na-
guère, et la courber de plus en plus. Pour
qui aurait été au courant de l'histoire de Lasthénie, on aurait dit que cet accouchement
dont elle n'était pas morte et dont elle pouvait mourir, lui avait laissé on ne sait quelle
rupture de l'épine dorsale vers les reins, car

elle était sortie du lit, voûtée... Quand elle et
sa mère paraissaient le dimanche à l'église,
on comprenait en les voyant que madame de
Ferjol ne voulût recevoir personne, pour se
consacrer tout entière à la santé de sa fille.
L'opinion fut que cette enfant qu'elle y traînait avec elle, elle ne l'y traînerait pas longtemps.

Et cependant elle l'y aurait traînée bien
longtemps encore, si la Révolution, à son
apogée sanglante et sacrilège, n'avait pas
tout à coup fermé les églises. Madame de
Ferjol, qui n'avait plus de raisons pour cacher aux médecins Lasthénie, en appela plusieurs à Olonde ; mais les médecins ne virent
en cette jeune fille, aussi faible et languissante
de corps que d'esprit, qu'un de ces marasmes
dont la cause était pour eux impénétrable. La
cause du marasme de Lasthénie, madame de
Ferjol seule, dans l'univers, la connaissait !
C'était son péché, pensait-elle, et la coupable
ne devait mourir que de son péché. Pour elle
la farouche janséniste, qui avait, hélas ! plus
de foi en la justice de Dieu qu'en sa miséricorde, c'était la rigoureuse justice de Dieu

qui avait rompu sur son genou la taille de
cette pauvre voûtée, — cette taille autrefois
d'épi, balancé sur sa tige, qu'avaient pressée
les bras d'un homme !

Cette tragédie intime dura longtemps entre
ces deux femmes, au fond de cette campagne,
qui ne ressemblait pas à l'entonnoir des Cévennes, mais sur lesquelles elles ne pensèrent
jamais à jeter seulement un regard par les
fenêtres de leur demeure. On n'y vit jamais
que la tête d'Agathe... qui y respirait, le soir,
son pays. Et elles vécurent ainsi, si cela peut
s'appeler vivre ! Madame de Ferjol, certaine
que sa fille n'échapperait pas à la punition
de son péché, la regardait tomber jour par
jour sous le rongement du mal mystérieux qui
la tuait, comme on regarde les débris d'un
palais démoli tomber en poussière... Malgré
tout ce qu'elle trouvait de criminel en cette
fille qui lui avait résisté quand elle avait voulu
savoir la vérité de son âme, malgré la dureté
de sa foi religieuse, malgré tout enfin, madame
de Ferjol souffrait de ce qui faisait souffrir
Lasthénie ; mais, victime de la contraction de
toute sa vie ramassée dans la mémoire de

l'homme qu'elle avait idolâtré, elle n'exprimait pas de pitié à sa fille, qui n'était plus, du
reste, capable de comprendre même la pitié
qu'elle inspirait... Le marasme de Lasthénie
qui déconcertait les médecins, et qu'après
avoir vaguement parlé de moxas, ils décla-
rèrent incurable, n'était pas seulement au
corps de la jeune fille, mais à son âme... Il la
tenait tout entière... La raison de Lasthénie,
qui avait déjà rasé de si près l'idiotisme, pen-
cha le peu de clarté qui lui était restée vers
les ténèbres d'une sombre démence, mais son
silence garda sa folie. Elle se mourait comme
elle avait vécu, sans parler... Avait-elle encore
conscience d'elle-même ? Elle passait tous ses
jours sans dire un mot, oisive, immobile, la
tête contre le mur (signe de folie triste), ne
répondant pas même à Agathe, noyée de
pitié et de larmes, à Agathe, désolée de
n'avoir pas sous la main cette ressource sur
laquelle elle avait trop longtemps compté, un
prêtre qui exorcisât sa *chérie*, sa pauvre
« Possédée! » Les prêtres alors étaient en
fuite, et la Révolution en pleine furie... Et on
ne le savait à Olonde que parce qu'il y man-

quait un prêtre pour exorciser Lasthénie !
Chose unique peut-être! il y avait, dans ce
petit château d'Olonde, que la Révolution n'a
pas détruit et qui subsiste toujours avec ses
trois tourelles, trois âmes de femmes assez
malheureuses pour oublier, dans ce nid de
douleurs, où elles s'étaient blotties, tout ce
qui n'étaient pas leurs cœurs saignants...
Pendant que le sang des échafauds inondait
la France, ces trois martyres d'une vie fatale
ne voyaient que celui de leurs cœurs qui
coulait... C'est pendant cet oubli de la Révolution oubliée que succomba Lasthénie, em-
portant dans la tombe le secret de sa vie, *que
madame de Ferjol croyait son secret.* Rien
n'avait pu faire prévoir à madame de Ferjol
et à Agathe que sa fin fût si proche. Elle
n'était pas plus mal ce jour-là que la veille
et les autres jours. Elles n'avaient remarqué
ni dans sa figure depuis longtemps d'une pâleur
désespérée, ni dans l'égarement de ses yeux, de
la couleur de la feuille des saules et des saules-
pleureurs, car elle en avait été un qui avait
assez pleuré de larmes! ni dans l'affaissement
de son corps inerte, si étrangement voûté,

rien qui pût leur faire croire qu'elle allait mourir. D'ordinaire, elles n'avaient pas besoin de la surveiller. Elles la laissaient la tête contre le mur de sa chambre que sa tranquille démence avait adopté, et elles allaient et venaient dans cette maison où il n'y avait que deux choses éternelles, madame de Ferjol qui priait et Agathe qui pleurait, chacune dans son coin... Ce jour-là, elles la retrouvèrent comme elles l'avaient laissée, — à la même place, — la tête contre son mur, les yeux tout grand ouverts, quoiqu'elle fût morte, et l'âme partie ! cette pauvre âme qui n'était presque plus une âme ! A cette vue Agathe se jeta aux genoux de sa « chérie » qu'elle lia passionnément avec ses bras et sur laquelle elle roula, en sanglotant, sa vieille tête pâmée de douleur. Mais madame de Ferjol, qui contenait mieux l'émotion d'un pareil spectacle, glissa la main sous le sein de celle qu'elle avait appelée si longtemps de ce nom qui lui convenait tant : « Ma fillette, » pour savoir si ce faible cœur qui battait là ne battait plus et elle sentit quelque chose... Du sang, Agathe ! fit-elle d'une voix horriblement creuse.

Elle en rapportait sur ses doigts quelques
gouttes. Agathe s'arracha des genoux qu'elle
embrassait, et à elles deux, elles ouvrirent le
corsage. L'horreur les prit. Lasthénie s'était
tuée, — lentement tuée, — en détail, et en
combien de temps? tous les jours un peu
plus, — avec des épingles.

Elles en enlevèrent dix-huit, fichées dans
la région du cœur.

XI

Un jour sous la Restauration, — ni plus ni
moins qu'un quart de siècle après la mort de
cette Lasthénie de Ferjol dont j'ai dit la mystérieuse histoire, — sa mère, la baronne de
Ferjol, qui lui avait survécu, et qui vivait
toujours — « rien ne peut me tuer », disait-
elle avec la sauvage amertume d'un reproche
à Dieu, qui l'avait épargnée — la baronne de
Ferjol dînait, en grande cérémonie, chez le
comte du Lude, son parent, et, par paren-
thèse, l'un des meilleurs maîtres de maison
de cette petite ville de Saint-Sauveur où l'on
avait beaucoup dansé, avant la Révolution,
et même, elle, madame de Ferjol, alors mademoiselle Jacqueline d'Olonde, avec le bel

officier blanc qui avait été son Ange noir, car
il avait vêtu de noir toute sa vie. A présent,
on n'y dansait plus. Autre temps, autres
mœurs! mais on y dînait. Les dîners y avaient
remplacé les contredanses. Vieillie deux fois
par le chagrin et par les années, on pouvait
peut-être s'étonner de rencontrer dans la fête
d'un dîner joyeux madame de Ferjol, plus
sévèrement pieuse que jamais, presque une
sainte, si on pouvait être une sainte sans miséricorde. Elle y était, pourtant! Cette femme,
d'une force de caractère qu'on a pu juger, et
l'ennemie de toute affectation extérieure, était
revenue, longtemps après la mort de sa fille,
il est vrai, au monde de la société à laquelle
elle appartenait, et elle s'y montrait simple-
ment et sobrement, mais enfin elle s'y montrait! Elle y portait stoïquement ensevelie
dans sa poitrine une idée qui était pour elle
le cancer qu'on cache et qui vous mange le
cœur sans qu'on pousse un cri. Cette idée,
c'était l'impénétrable et l'inoubliable secret
de sa fille, morte sans l'avoir révélé. Personne
nulle part, ne s'était jamais douté de ce que
madame de Ferjol savait de la vie de sa fille,

mais ce qui la faisait le plus souffrir, ce n'était pas ce qu'elle en savait, c'était ce qu'elle n'en savait pas... Le saurait-elle jamais? Elle ne le croyait plus. En attendant, elle achevait de vivre, désespérée, avec un front calme qui ne disait pas qu'elle le fût. Elle n'était plus qu'une ruine, mais c'était une ruine comme le Colisée. Elle en avait la grandeur et la majesté. « Dans le bout de table où elle se tenait au dîner du comte du Lude, involontairement on parlait moins haut et on riait moins fort qu'à l'autre bout », disait le vicomte de Kerkeville, qui aimait à rire et que la présence de cette grandiose vieille femme forçait d'être sérieux de respect. Ce jour-là, à ce repas auquel elle assistait comme elle assistait à la vie, avec indifférence, il y avait autour d'elle de l'entrain et de la sympathie, quoique la compagnie y fût terriblement mêlée. C'était l'image en raccourci de cette société telle que nous l'ont faite la Révolution et l'Empire, qui ont confondu tous les rangs, mais on n'y souffrait pas, ce jour-là, de cette dégoûtante salade politique et sociale qu'il est maintenant impossible aux gouvernements de tourner. Le comte du Lude appelait spirituellement son dîner « la réunion des trois ordres », et, de fait, il y avait là du clergé, de la noblesse et du *tiers*. On y était très cordial et de très bonne humeur. Il est vrai que, dans cette petite ville du Saint-Sauveur d'alors, il y avait plus de bonhomie qu'à Valognes — ville voisine à quatre lieues de là — où, pour qu on fût un peu noble, on se croyait un paladin de Charlemagne et où l'on vous aurait demandé vos lettres de noblesse, pour vous inviter à dîner !

Et ce que je vous conte là était si vrai qu'à ce dîner où les coudes n'avaient pas horreur de se toucher les uns les autres, il y avait justement entre la marquise de Limore, la plus foncée en aristocratie des femmes qui étaient là, et le marquis de Pont-l'Abbé, d'une noblesse aussi vieille que son pont, un convive, de gaillarde et superbe encolure, paysan d'origine très normande, mais qui s'était décrassé et qui était devenu un très authentique bourgeois de Paris. Il étalait alors son gilet de piqué blanc entre cette marquise et ce marquis, comme un écusson d'argent entre ses deux supports, dont l'un, à dextre, la

marquise, faisait la licorne, et l'autre, à se-
nestre, le marquis, faisait le ievrier ! Ce bourgeois de Paris, en villégiature à Saint-Sauveur,
y venait promener tous les ans ses loisirs,
car il avait les loisirs d'une fortune faite qu'il
aurait volontiers défaite, pour le plaisir de la
refaire. Il s'ennuyait. Il avait la nostalgie du
commerçant qui a vendu son fonds, une maladie spéciale.

C'était en effet un ancien commerçant et, le
croirait-on? un épicier! mais c'était de la
haute épicerie. Il avait été l'épicier de Sa Majesté Napoléon, Empereur et Roi, dans les
plus beaux temps de sa gloire, et sa boutique
qui s'en est allée avec les autres maisons de
la place du Carrousel, avait, dix ans, regardé,
sans sourciller, en face, le palais des Tuileries qui, lui aussi, s'en est allé! Cet impérial
épicier, qui ne se serait certes pas donné pour
le premier moutardier du Pape, et qui était
assis et se prélassait et se gorgiassait à la table
du comte du Lude, comme un Turcaret bon
enfant, n'avait, du reste, ni le nom, ni le physique d'un épicier. Il se nommait d'un nom
de général. Il s'appelait Bataille. La Provi-

dence, qui se permet parfois ces plaisanteries,
ayant prévu l'empereur Napoléon, avait trouvé
spirituel d'appeler l'homme qui lui vendait
son sucre et son café, Bataille. Voilà pour le
nom ! Mais elle avait eu encore une autre fantaisie, la Providence, c'était d'avoir fait d'un
épicier un des plus beaux hommes d'un temps
où presque tous les hommes étaient si fièrement
beaux, et que David et Géricault nous ont
peints, pour l'humiliation de notre âge... On
l'appelait parmi les cuisinières « le bel épicier
du Carrousel ». Il avait la tournure de son nom.
Sa prestance était si militaire que pendant
l'Empire, quand il sortait du café de l'angle
de la rue Saint-Nicaise où il avait passé la
soirée à jouer au domino et qu'il avait mis
sur sa tête le claque que tout le monde portait
alors, et sur ses larges épaules son grand
manteau, galonné d'or au collet, les sentinelles
de l'arcade des Tuileries lui portaient les
armes comme à un général, et il leur rendait
le salut comme un général, avec un impayable
sérieux et une emphase militaire qui faisaient
le bonheur de ses amis. Pendant une minute
il était vraiment général, mais il se retrouvait

bien vite épicier. Il l'était de cerveau, — d'un cerveau qui n'avait pas une idée quelconque à son service, ce qui expliquait sa belle santé, à plus de soixante ans et quoiqu'il dît souvent, en fermant les yeux comme s'il se retirait en lui-même, les mains jointes sur son estomac, avec une expression indicible : « je donne le bal à mes pensées ! » Quel bal ! et quelles danseuses ! Malgré cette vacuité cérébrale, il était fin comme un Normand, sous un drôle d'air niais qu'il savait prendre, sans doute pour plaisanter, car ce singulier homme, qui joignait le prénom de Gilles à son nom de Bataille, n'en était pas un. Il avait, pendant l'Empire, rendu beaucoup de petits services aux hobereaux de sa province, pour lesquels il s'était montré toujours respectueux, et qui lui achetaient ses cornichons par compatriotisme et par reconnaissance. Quelques-uns même d'entre eux lui remirent, parfois, des placets et des pétitions, parce qu'ils lui croyaient des relations, avec le Palais, mais toutes ses relations étaient Moustache, le cocher, et Zoé, la négresse de Joséphine. La chute de l'empire, dont il avait vécu, n'avait pas entraîné la ruine de sa fortune. En 1814, il avait abdiqué sa boutique, comme Napoléon son empire, mais ce Napoléon de la haute épicerie n'eut point, comme l'autre, de retour de l'île d'Elbe, et il mourut sans avoir fait le sien, en 1830, du choléra...

Tel était le personnage original que le hasard et les Révolutions avaient placé en face de madame de Ferjol, à la table du comte de Lude. Il s'y tenait dans ce qu'il appelait « son grand uniforme, » car, se sachant beau, il avait toute sa vie mis en valeur par la toilette cette beauté qui subsistait encore. De fait, à le bien considérer, c'était un magnifique vieillard, relativement très jeune, très souple et très solide et qui aimait à rappeler son inentamable solidité avec une fatuité hypocrite, quand il montrait d'un air qui mendiait la pitié un pouce très agile et qui se portait très bien, mais qu'il disait être resté paralysé depuis l'explosion de la Machine infernale qui l'avait jeté, racontait-il, par la fenêtre du petit café de la rue Saint-Nicaise, au premier, où il lisait tranquillement le journal et précipité absolument fou jusqu'à Chaillot, d'où il se fit

ramener à sa femme, qu'il trouva sans connaissance dans les mains du docteur Dubois,
lequel lui extrayait des seins les vitres brisées
de sa boutique. C'était là même une de ses
plus belles histoires! Le *pauvre paralysé*,
comme il s'appelait en riant, le *pauvre explo-
sionné* avait mis ce jour-là, pour faire honneur
à son amphitrion, un habit bleu à boutons d'or
qui moulait son torse d'Hercule, — avec la
culotte de casimir blanc, les bas de soie à
larges côtes et ces souliers fins à haut talon,
aimés de l'Empereur et qu'il portait toujours,
quand il était débotté... Gilles Bataille, que
les nobles de province qui le recevaient chez
eux appelaient un peu trop familièrement « le
père Bataille, » car il n'avait rien d'un papa,
reluisait d'une propreté anglaise qui sentait
bon, comme le linge d'une femme. Il avait été
blond, de ce blond qui rappelle l'origine
scandinave de nous autres Normands, à ce
qu'il paraissait, non plus à ses cheveux qui
étaient blancs comme l'aile de l'albatros et qu'il
portait très courts (*à la mal content*, comme
on a dit depuis), mais au rose d'un teint qui
n'était ni couperosé, ni fatigué, ni frelaté. Son

regard, gai et bleu, vous atteignait de dessous
une paupière épaisse et un peu lourde qu'il
clignait comme s'il se fût moqué de ce qu'il
disait et qu'il vous eût associé à sa moquerie.
Ce à quoi sa vanité tenait le plus dans toute
sa personne, c'étaient ses dents qu'il soignait
comme jamais femme n'a soigné les perles de
son écrin, et qu'il montrait sans rire, pour le
plaisir silencieux de les montrer... Il était
venu, à ce dîner du comte du Lude, sa canne
haute sur l'épaule comme un fusil (ce qui était
sa manière habituelle de porter sa canne, un
jonc indien!), et quand il l'eut laissée dans un
angle du corridor, il était entré dans le salon,
tenant avec les deux mains son chapeau,
comme un amoureux de l'ancien Opéra-Co-
mique chez son bailli, et il avait salué l'as-
semblée avec une niaiserie de paysan, qui
n'était peut-être pas sincère, car cet homme
qui s'appelait Gilles, aimait parfois à jouer
aux Gilles... Il connaissait depuis longtemps
madame de Ferjol, devant laquelle il dînait,
et dont il était trop léger pour comprendre la
profondeur. Pour lui, tout ce qui passait sa
portée, il le traitait sans façon et non sans

mépris de « manies ». Ce *sont des manins*, disait-il avec l'accent normand le plus allongé et le plus prononcé. Mais quand il s'agissait de madame de Ferjol, la femme noble tenait le vilain en respect. On ne peut pas dire qu'il eût mauvais ton. Il n'avait pas de ton. Où l'aurait-il pris? Est-ce à vendre des milliers de petits verres aux cuisinières des maisons riches qui venaient chez lui faire leur provision de thé ou de chocolat, dès six heures du matin?«A huit heures, j'avais fait ma journée,» disait-il avec orgueil.C'était, en fait de ton, un homme de l'ignorance de M. de Corbière,qui mettait son mouchoir taché de tabac sur le bureau de Louis XVIII. Lui n'eût pas mis le sien — un foulard, passé au benjoin — sur la table du comte du Lude, mais dès le commencement du repas, il y avait mis sa tabatière qui était en chagrin, à miniature très fine, le portrait de son fils, en costume d'enfant, de velours bleu, tenant dans sa main, sans en jouer, une trompette d'or, et qui avait le nez aussi en trompette, ce qui faisait deux trompettes! son fils, un exécrable môme, qui ne ressemblerait jamais à son père et qu'il appelait agréablement « Bataillon » !

Or, ce fut justement à cause de cette diable de tabatière, passée à l'un des convives, qui avait demandé à en voir de près le portrait, que le marquis de Pont-Labbé avisa au petit doigt de la main qui la passait devant lui, une émeraude, qui lui donna dans l'œil.

— Il faut que vous soyez fièrement coquet, maître Bataille, pour oser vous permettre de porter une bague de cette beauté et de ce prix-là,— dit le marquis de Pont-Labbé, scandalisé de voir un tel bijou à une main qui avait pesé des épices. — Mais voyons donc! où diable, Bataille, avez-vous pris cette merveille-là ?

— Ma foi, — dit rondement et gaiement le Gilles Bataille, — vous ne devineriez jamais où je l'ai prise, et je *parierais cinquante mille écus*, comme disait La Mayonnet de Grandville, contre vingt-cinq louis, que vous n'êtes pas capable de le deviner.

— Allons donc !... fit le Pont-Labbé, incrédule.

— Eh bien ! essayez pour voir, repartit Bataille.

Mais le vieux roquentin de marquis, qui s'était recueilli une minute et avait cherché, mais n'avait pas trouvé probablement une chose assez honnête pour la dire devant cette redoutable dévote de madame de Ferjol, qui, du reste, ne les écoutait pas, ne les entendait pas, de l'autre côté de la table, dans le rongement éternel du cancer qui lui mangeait le cœur...

— Eh bien! — fit après le silence du marquis, Gilles Bataille, — je l'ai prise au doigt d'un voleur. Je lui ai rendu la monnaie de sa pièce. Le voleur a été volé. C'est une chose curieuse. En voulez-vous l'histoire?

— Oui, dit le comte du Lude, dites nous-la, Bataille. Cela nous aidera à faire passer ce chambertin.

XII

— Ecoutez donc mon histoire qui est une histoire de voleurs, — et qui remonte *à haut*, dit Gilles Bataille, car l'Empereur n'était pas encore l'Empereur dans ce temps-là, ni moi son épicier, — ajouta-t-il avec un reste de fierté impériale, car l'empire était si grand, qu'il donnait de la fierté même aux épiciers! Nous étions donc sous Barras, qui avait pris avec lui Fouché pour sa police. C'était déjà l'homme qu'on a vu plus tard, quand il fut ministre sous l'Empereur, mais dans ce temps-là, ce terrible Fouché, placé entre les Jacobins et les Chouans, comme entre deux tirants de Sainte-Apolline, qui tiraient chacun de leur côté, ne pouvait pas s'occuper, quand le diable

y aurait été — et il y était ! — d'une autre
police que de l'infernale police politique du
moment, et le gouvernement passait avant
Paris ! Or vous, Messieurs, qui viviez alors
en province ou en émigration, vous ne pouvez
pas avoir une idée de Paris, dans ce temps-là,
du Paris du lendemain de la Révolution dans
lequel elle grouillait encore. Ce n'était plus
une capitale. Ce n'était plus une ville. C'était
une caverne. C'était une forêt de Bondy. On
y assassinait à la nuit, comme on y couchait à
la nuit. Les rues sans réverbères, — la Révolution en avait fait des potences ! — n'étaient
éclairées que dans le quartier du Palais-Royal.
Il y fourmillait dans les ténèbres un tas de
coquins et de scélérats. C'étaient partout de
noirs coupe-gorges. On n'y passait qu'armé
jusqu'aux dents, ou plutôt on n'y passait
plus.

« Eh bien ! une nuit de cet affreux temps-là
(j'habitais alors à l'angle de la rue de Sèvres,
dans une boutique dont je regarde toujours
avec intérêt, quand je passe par là, les barreaux de fer de la devanture, et vous allez
savoir pourquoi) ; une nuit que j'avais fermé

de bonne heure et que je dormais dans une chambre en haut de ma boutique, un bruit singulier me réveilla... C'était un bruit comme de quelque chose qu'on scie, et je me dis : « Il y a des voleurs en bas », et je réveillai mon garçon de magasin qui dormait dans sa soupente, et nous descendîmes tous deux, nos rats-de-cave à la main... Eh ! je ne m'étais pas trompé, c'étaient des voleurs ! Ils étaient, en ce moment, occupés à scier le volet dont ils avaient coupé grand comme deux fois un fond de chapeau quand nous arrivâmes : et, par ce trou fait dans le volet, une main était hardiment passée et avait empoigné un des barreaux de la devanture, et s'efforçait de le desceller. On ne voyait que cette main !... L'homme à qui elle appartenait était caché par le volet et il n'était pas seul ; car j'entendais derrière le volet chuchoter plusieurs personnes qui parlaient très bas... Alors j'eus une idée ! Je clignai de l'œil à mon garçon, — un garçon d'ici, — de Benneville, que j'avais chez moi, — un fort gars et pas man-chot, comme vous allez voir, et qui me com-prit ; car il sauta sur la main que je lui mon-

trai et qu'il saisit avec les deux siennes —
deux éclanches de mouton ! — qui devinrent
un étau et une pince pour cette main que je
liai, moi, fortement, au barreau de fer, avec
une corde prise sous le comptoir. « Tu ne
travailleras plus, ma belle, » dis-je gaiement.
Le bandit était agriffé, et je me réjouissais
déjà *in petto* de voir la bonne figure qu'il fe-
rait le lendemain, au grand jour. « Allons
nous coucher, » fis-je à mon garçon, et nous
remontâmes, moi, dans mon lit, lui, dans sa
soupente. Mais au lit, je ne dormis pas bien...
J'écoutais, malgré moi, toujours. Au bout
d'un certain temps, il me sembla entendre des
pas qui s'éloignaient. Je n'osais mettre le nez
à la fenêtre. Les brigands auraient très bien
pu m'envoyer un coup de feu par la figure, et
il n'en eût été que cela. Je tenais à mon *miroir
à demoiselles*, dit-il en souriant avec coquetterie de ses belles dents jaunes qu'il montra.
Et, d'ailleurs, je me dis que, le lendemain,
j'aurais ma vengeance, et, dans cette douce
pensée, je m'endormis. »

Il avait produit son intérêt, cet épicier !
parmi tous ces aristocrates très bien élevés

qui l'entouraient. Ils l'écoutaient, — ils le regardaient, — et ils ne souriaient plus de cette belle tête dont ils enviaient peut-être la beauté, et de ces boucles d'oreille que Gilles Bataille avait ridiculement gardées de sa jeunesse et qui *les vengaient* de sa belle tête, en lui donnant l'air d'un vieux postillon.

— Mais le lendemain, il fallut déchanter, messieurs, reprit Gilles Bataille. Vous comprenez tous, — n'est-ce pas? — que je m'éveillai de bonne heure et que mon premier regard, quand je *descalai* dans ma boutique (Bataille constellait tout ce qu'il disait des anciens mots de son patois) fut pour cette diable de main. Je savais bien qu'elle était liée *à répétition*, et qu'elle n'avait pas pu bouger ; je l'avais cordée en conséquence ! Mais quel ne fut pas mon étonnement !... Au lieu de la trouver, comme je le croyais, gonflée, tuméfiée, violacée, presque noire par le fait de l'étranglement de cette rude corde dont je l'avais liée et que je lui avais fait entrer dans les chairs à force de la serrer, je la trouvai sans gonflement et pâle comme s'il n'y roulait pas une goutte de sang. Elle en semblait épui-

sée, et elle était molle et blanche comme la
main d'une femme... Aussi, ne m'expliquant
rien et voulant m'expliquer tout, j'ouvris fré-
nétiquement la porte de ma boutique et je regardai. A la place de l'homme que je croyais
trouver là, il y avait une mare de sang.

Ce n'était pas un éloquent que Gilles Bataille. Cet homme qui avait été un petit pâtre
de la lande de Taillepied, dans son enfance,
faisait en parlant des pataquès que j'ai sup-
primés. Il disait d'habitude *la petite* pour
l'appétit et *nombril d'amis* pour nombre d'a-
mis et il croyait même que cela s'orthogra-
phiait ainsi. Mais il eût été éloquent qu'il
n'aurait pas produit plus d'effet, ma parole
d'honneur !

Ils ne pensaient pas à lui, ceux qui l'écoutaient ; ils pensaient à ces voleurs qui avaient
coupé le poignet à leur complice et qui l'a-
vaient emporté.

— De fiers hommes, tout de même ! — dit
Kerkeville, qui était homme à en faire autant,
car il était énergique.

— Je rentrai dans ma boutique, reprit Bataille, et je regardai longtemps cette main,

sciée à l'avant-bras, probablement avec la scie
qui avait servi à scier le volet. J'étudiai cette
curieuse main qui n'avait pas l'air, je vous
jure, d'être la main d'un goujat! et c'est alors
que je vis une bague dont la pierre avait glissé
du côté de l'intérieur du doigt qui avait pris
la barre de fer, et cette pierre, monsieur le
marquis de Pont-l'Abbé, c'est l'émeraude que
vous tenez là. Elle est vraiment trop belle
pour moi, j'en conviens. Aussi je ne la porte
pas tous les jours, mais quelquefois, et seulement dans la pensée que je rencontrerai peut-
être, qui sait? un hasard! la personne à qui
elle a été volée et qui à son tour m'aiderait
peut-être à reconnaître le voleur.

Il avait fini son histoire, le Gilles Bataille,
et il avait entassé sous elle les mauvaises plaisanteries du vieux Pont-l'Abbé. Il l'avait
coupé — comme disent les Anglais. Tous (ils
étaient bien une vingtaine à ce dîner que le
comte du Lude avait appelé « la réunion des
trois Ordres »), tous curieux et épris de cette
émeraude qui avait une histoire, ils la deman-
dèrent pour la voir de plus près et ils se la
passèrent de main en main et elle fit le tour

de la table. Elle arriva enfin au voisin de
gauche de madame de Ferjol, qui était le Père
abbé d'une Trappe qui s'établissait, à cette
époque, dans la forêt de Bricquebec et qui
depuis l'a défrichée. On sait que les abbés de
la Trappe n'étaient pas tenus à la règle du
silence, comme les autres trappistes. Ils portaient la mître de laine et la crosse en bois, et
ils allaient immédiatement après les évêques
dans les Conciles, autorisés d'ailleurs à sortir
de leur cloître, quand il était nécessaire, dans
les intérêts de leur communauté. Le Père
Augustin s'en allait à la Trappe de Mortagne
et, comme il passait par Saint-Sauveur, le
comte du Lude l'avait prié à dîner pour faire
honneur à la baronne de Ferjol, la sainte de
la contrée, et à sa table, il l'avait placé à côté
d'elle... De cette vingtaine de personnes, il
n'y avait maintenant que le Père Augustin et
la sombre madame de Ferjol qui fussent indif-
férents à cette émeraude qui faisait son petit
voyage circulaire, et, sans la regarder, le Père
Augustin la prit des mains du comte de Kerkeville, son autre voisin, et la tendit à madame
de Ferjol avec la gravité d'un homme qui fait,

malgré lui, une chose légère. Mais madame de Ferjol, plus grave encore que lui, ne la prit pas. Seulement, ses yeux, hautainement distraits, par hasard, tombèrent sur l'émeraude, et, comme frappée d'une balle, elle poussa un cri et tomba raide sans connaissance.

Elle venait de reconnaître la bague de son mari qu'elle avait donnée à Lasthénie.

Le coup qui la frappait encore produisit un coup d'étonnement sur les conviés du comte du Lude, qui égalait peut-être le sien, mais la fascination de respect — de respect un peu tremblant devant sa rigidité — qu'exerçait cette femme était si grande que personne de ceux qui l'avaient vu ne parla depuis de l'évanouissement de madame de Ferjol. Sur cet évanouissement subit qui faisait bien l'effet de cacher quelque drame, les langues furent liées et demeurèrent liées. Rentrée à Olonde, le même soir, après être revenue de cette pâmoison qui dura longtemps, elle se remit à regarder dans ce cancer béant qu'elle avait au cœur, et dans lequel elle avait mis le linge blanc de tant d'inutiles compresses qu'elle en avait re-

tirées toujours sanguinolentes. Elle y vit avec
horreur, cette crevasse nouvelle: que sa fille, la
fille d'un Ferjol, pourrait bien avoir aimé un
voleur — un voleur qui avait laissé la main qui
le commettait dans la moitié de son crime.
Non-seulement le cancer ne s'arrêtait jamais,
mais il se creusait toujours, et ce n'était pas
comme, dans un de nos cancers de la chair à
qui on donne un morceau de viande à dévorer
pour qu'il nous laisse tranquilles, quelques instants, de ses morsures. « Cela ne finira donc jamais, Seigneur? dit-elle ; il faudra donc, mon
Dieu, qu'elle soit inépuisable, cette angoisse?»
et avec le geste tragique de toute sa vie qui lui
faisait s'arracher, à poignées, sur ses tempes
creuses, ces cheveux qui repoussaient toujours, elle se jeta aux pieds du crucifix, elle-
même crucifiée, quand Agathe, sa suivante
de douleur, Agathe qui avait quatre-vingt-
cinq ans et qui, si l'on vit de douleur, pouvait
bien mourir centenaire, entra et lui dit de sa
voix de spectre :

— C'est le révérend Père abbé de la
Trappe de Bricquebec qui demande à voir
madame.

— Qu'il entre! dit madame de Ferjol.

XIII

Madame de Ferjol avait encore un de se
genoux sur le prie-Dieu d'où elle se levait
quand le Père Augustin entra. Il la salua avec
respect, mais il était évident qu'il était ému,
ce religieux grave et fort, et dans le milieu de
la vie ; et qu'en venant à Olonde, avec cette
hâte inopinée, il y venait sous l'injonction
d'un grand devoir.

— Madame, dit-il sans préambule, en res-
tant debout, malgré le signe qu'elle lui fit de
s'asseoir, — je viens vous rapporter la bague
qui vous appartient, et qu'hier vous avez reconnue, et vous dire le nom,—ajouta-t-il avec
une triste solennité, — de l'homme... qui l'a
perdue, avec sa main.

Un petit tremblement prit madame de Ferjol à ces paroles, et le moine lui tendit la bague qu'elle ne prit pas... Il lui aurait été, à ce moment, impossible de toucher à cette bague profanée et souillée, dix fois profanée et souillée, et prise à la main coupée d'un voleur !

— Le nom... dit-elle surprise et balbutiante.

— Oui, madame, interrompit le moine, le nom de l'homme qui a fait le malheur de votre vie et que vous avez dû bien des fois maudire, le nom de cet homme qui s'appelait, en religion, le père Riculf, de l'Ordre des capucins, hébergé chez vous, pendant tout un carême, il y a, tout à l'heure, vingt-cinq ans.

A ce nom, madame de Ferjol devint pâle comme si elle allait mourir, mais elle ramassa son âme énergique pour faire la question, la terrible question d'où dépendait toute sa vie.

— N'avez-vous que cela à m'apprendre, mon Père ? dit-elle, en le regardant de ses yeux profonds ; de ces yeux sous lesquels Lasthénie, la pauvre Lasthénie avait toujours baissé les siens !

— J'ai tout à vous apprendre, madame, car il m'a tout raconté, réconcilié avec Dieu, sur la cendre où meurt notre Ordre et où il est mort, et il a déclaré, il y a à peine quelques jours, sur le crucifix que je lui faisais baiser, à cette heure suprême, qu'il a été le seul coupable et que votre fille était innocente de son crime.

— Alors, oh! alors, c'est moi... dit madame de Ferjol, qui fut traversée d'un éclair qui lui fit voir, en sa lueur rapide, toute sa vie.

— Ce n'est pas à moi de vous juger, madame, interrompit le Trappiste, avec une incomparable dignité. Je n'ai à vous annoncer que cette bonne nouvelle pour une âme aussi pieuse que la vôtre : c'est que votre fille était innocente; c'est que l'Ange invisible, que Dieu a mis à nos côtés, l'Ange gardien de sa vie a pu toujours rester aux siens et la regarder de ses yeux purs et immortels.

Il s'arrêta, étonné que la joie de ce moment n'inondât pas l'âme de cette femme pieuse. Il ne pensait pas au remords qui entrait, du même coup, dans cette âme profonde, le re-

mords d'avoir cru Lasthénie coupable et, sous
cette erreur, de l'avoir si lentement et si tra-
giquement fait mourir.

— Oh! mon père, mon père, dit madame
de Ferjol, la bonne nouvelle vient trop tard.
C'est moi qui ai tué Lasthénie. L'homme, le
prêtre, au péché de qui je n'ai jamais voulu
croire, et qui a fait pis que de la tuer, ne l'a-
vait pas tuée, en la prenant dans ses bras sa-
crilèges. Il ne l'avait que souillée et flétrie,
mais il me l'avait laissée à tuer, et je l'ai tuée!
J'ai achevé par la mort de ma fille le crime
qu'il avait commencé.

Elle resta la tête basse après avoir dit cela.
Elle s'était jugée... Le prêtre voyait bien qu'intérieurement elle se déchirait... et il eut pour
elle la pitié qu'elle n'avait pas eue pour Lasthénie. Il s'assit, et il lui parla avec une charité divine. Il lui dit que ce qu'elle souffrait
était de trop ; qu'elle était la victime d'une
erreur dont *il était impossible qu'elle ne fût
pas la victime,* et alors il lui raconta le crime
de Riculf. Dans ce temps-là, la science, devenue maintenant populaire, n'avait que des
observations superficielles et inexactes sur

des faits mystérieux, à présent avérés, mais
dont elle ne sait encore qu'une seule chose,
c'est qu'ils existent. Lasthénie était somnam-
bule comme lady Macbeth, mais madame de
Ferjol n'avait peut-être pas lu Shakespeare...
Or, c'est dans un de ces accès de somnambulisme, ignorés — tant ils étaient rares ! — de
madame de Ferjol et d'Agathe, que le Père
Riculf l'avait surprise, une nuit, sortie de sa
chambre et assise dans le grand escalier, endormie là où elle avait passé tant d'heures,
dans son enfance, — éveillée mais rêveuse, —
et que tenté par le Démon des nuits solitaires,
il avait accompli sur elle ce crime dont la
malheureuse enfant n'avait pas eu conscience
dans l'ignorance de son sommeil, et dont,
seul, il devait répondre un jour devant Dieu...
Seulement pourquoi, le crime consommé, lui
avait-il dérobé sa bague ? Était-il déjà le voleur qui devait être un jour le voleur *à la main
coupée* qu'il était devenu ? Question sans réponse ! On se perd dans ces gouffres de mystère qu'on appelle la nature humaine. Les
somnambules *donnent* quelquefois des bagues
et cela ne *prouve* rien. Pour ma part, j'en ai

connu une — (une jeune fille) — qui avait
donné la sienne à un homme coupable du
même crime que Riculf sur Lasthénie, et qui
avait volontairement épousé l'effroyable fiancé
de son sommeil, quoique avec une horreur
invincible... Ne voulant pas avoir à rougir
devant cet homme, la noble fille était morte
après des années, mariée, en lui gardant une
épouvantable fidélité.

Madame de Ferjol, qui n'avait jamais entendu parler de somnambulisme dans sa solitude des Cévennes, resta stupéfaite au récit
de l'abbé de la Trappe. Elle était médusée
par le crime de cet homme-fléau qui avait
passé dans sa vie et celle de sa fille, comme un
vampire et qui, de la monstruosité tombant
dans l'ignominie, avait fini par cette vileté
d'être un voleur. Ici la femme de race revint
du fond de la mère indignée, et l'idée, l'ab-
jecte idée du voleur lui sembla plus insupportable à admettre que le crime même sur
Lasthénie, consommé lâchement pendant le
sommeil. Elle douta un instant de cette dernière turpitude, qui lui souillait deux fois sa
fille. Mais l'abbé de Bricquebec lui dit que la

main coupée était bien la main du capucin
Riculf et que le malheureux, en effet, avait été
réellement un des premiers bandits du siècle.
Quand Agathe l'avait rencontré descendant
les marches de cet escalier qui avait vu son
crime, et laissant derrière lui le grand Cal-
vaire placé à la sortie du bourg, il était allé à
tous les vices ! Ils cuisaient alors dans la chau-
dière où la Révolution bouillait, prête à déborder sur le monde. C'était l'heure où l'Église
elle-même avait besoin de persécution, et de
se retremper dans le sang des martyrs. Quand
Riculf sortait, par un crime, de son Ordre,
Chabot, le capucin de la Révolution, en sortait peut-être aussi... Mais Riculf avait cette
supériorité sur Chabot, qu'il s'était repenti,
plus tard... Après des années d'une vie de
forfaits, il était arrivé, un soir, à la Trappe
de Briquebec, dans le plus affreux désespoir,
montrant un de ces repentirs qui ne prennent
que les âmes puissantes... « Si vous me chas-
sez, dit-il à l'abbé, vous me renverrez à l'enfer
d'où je sors ! » « Et moi et mes frères, dit
l'abbé à madame de Ferjol, nous nous sou-
vînmes que la Trappe, c'est le refuge des cri-

minels qui ne sont pas punis par les hommes,
et nous ouvrîmes les portes de la nôtre à celui-ci, et nous les fermâmes sur lui contre la
justice du monde, au nom de la bonté du ciel!
Le Père Riculf était une de ces âmes qui, en
rien, ne connaissent de limites. Il a vécu des
années parmi nous dans la plus expiatrice des
pénitences...

— Et il est mort comme un saint, n'est-ce
pas? interrompit madame de Ferjol, révoltée,
et en éclatant de la plus amère des ironies.

Mais se reprenant, et d'un ton moins insul-
tant :

— Mon père, dit-elle, pouvez-vous croire
qu'un pareil homme puisse jamais entrer dans
le ciel?...

— Du moins, dit le miséricordieux prêtre,
il a vécu des années et il est mort comme quelqu'un qui veut y monter.

— S'il est au ciel, je n'en voudrais pas avec
lui, dit madame de Ferjol avec une obstina-
tion devenue un entêtement aveugle et presque de la rage.

Le doux prêtre fut blessé au plus profond
de sa charité, mais il n'abandonna pas l'impitoyable femme. Il revint plus d'une fois la voir

à Olonde. Il aurait voulu ramener à des sentiments plus chrétiens cette âme, si religieuse par la foi. Mais il ne pouvait pas. Cette âme résistait. Une haine née du ressentiment que de savoir sa fille innocente avait augmentée, pour l'*homme du crime,* comme elle l'appelait, confisquait à son profit les autres sentiments de son âme. Dieu avait pardonné peut-être, mais elle, non ! Elle ne pardonnerait pas. Elle ne voulait pas pardonner. Sa haine devint une *possession.* Elle fut la *possédée* de sa haine. Rien n'y put de ce que lui dit l'abbé Augustin, qui s'efforçait d'introduire dans cette âme violente et ulcérée l'huile adoucissante que le bon Samaritain fit couler dans les blessures de l'homme de l'Évangile qui « descendait de Jérusalem à Jéricho. » — Madame de Ferjol opposait inflexiblement aux paroles de l'abbé et à tout, l'idée de cet outrage fait à l'hospitalité trahie par ce prêtre qu'elle appelait un Judas, et même un jour, cette haine féconda un affreux désir (chose étrange et que toutes les âmes passionnées comprendront). Il se dégagea de sa haine une horrible curiosité qu'elle savait pouvoir satisfaire...

Elle qui n'ignorait rien des choses religieuses, elle savait que les Trappistes qu'on
enterre sans cercueil, la face découverte,
restent exposés dans leur tombe, où tous les
jours chacun des leurs vient jeter sa pelletée
de terre jusqu'à ce qu'ils en aient cette suffi-
sance de six pieds d'argile qui nous suffit à
tous, hélas ! Eh bien ! elle voulut voir encore
une fois ce Riculf abhorré et repaître ses yeux
du spectacle de son cadavre. La haine est
comme l'amour. Elle veut voir... « Il n'y a
pas, se dit-elle, si longtemps qu'il est mort.
Les Bienheureux n'ont pas une figure comme
les autres hommes. Quand on ouvre la terre
ou le cercueil qui les renferme, on leur trouve
des figures reposées et quelquefois rayon-
nantes qui disent qu'ils sont morts dans la
bonne odeur du ciel. Je verrai donc si le scé-
lérat, qui a fait peut-être dupe de son repentir l'abbé Augustin, comme il m'avait fait
dupe de sa sainteté, a la face d'un Bienheureux. » Et sans le dire à la vieille Agathe,
elle s'en alla à Briquebec un jour. Les femmes
n'entrent jamais chez les Trappistes, sinon à
certains jours de fête et dans leur église seu-

lement, mais leur cimetière, placé dans un
champ à côté de leur monastère, est ouvert à
tout le monde. Y passe qui veut, et elle y
entra.

Elle trouva sans peine la fosse qu'elle cherchait. Le cimetière était désert, et la fosse du
dernier trappiste décédé, creusée dans les
hautes herbes, était bien la fosse de Riculf.
Elle s'en approcha jusqu'au bord et regarda
dedans avec ces yeux que la haine a comme
l'amour; — ces yeux qui dévorent tout, et
elle vit le mort dans le fond de sa fosse. Malgré les pelletées de terre éparpillées autour
du visage, et dont le plus grand nombre avait
porté sur la partie inférieure du cadavre, on
voyait encore la face d'un homme... Ah! elle
le reconnut malgré les années, malgré cette
barbe qui avait blanchi, et ces yeux sans
regard que les vers rongeaient déjà dans leurs
orbites. Elle enviait le sort de ces vers... Elle
aurait voulu être un de ces vers... Elle reconnut cette bouche *audacieuse* qui l'avait tant
frappée dans les Cévennes et dans laquelle
Dieu lui-même avait écrit, de sa main, qu'il
fallait se défier de cette bouche terrible. Elle

était debout devant cette fosse, la contemplant, oubliant les heures, plongée des yeux dans ce trou où allait pourrir l'homme de sa haine, comme son âme plongeait dans sa haine, comme le soleil d'une soirée d'été plongeait alors à l'horizon... Elle l'avait dans le dos, ce soleil, et sa grande ombre à elle tombait dans la fosse, allongée par ce soleil qui se couchait, en rougissant ses vêtements noirs de ses rayons. Tout à coup une autre ombre s'allongea près de la sienne, et une main se posa sur son bras. Elle tressaillit. C'était l'abbé Augustin.

— C'est vous, madame? fit-il plus grave qu'étonné.

— Oui, dit-elle avec une profondeur d'accent qui le fit frémir; j'ai voulu en régaler ma haine !

— Oh! madame, dit le prêtre, vous êtes une chrétienne, et ce que vous dites n'est pas chrétien. Venir regarder un mort dans sa tombe avec les yeux de la haine, c'est le profaner, et on doit le respect aux morts.

— A celui-là, jamais ! fit-elle. J'avais tout à l'heure envie de descendre dans sa tombe pour le fouler sous mes talons !

— Pauvre femme! dit le prêtre; elle mourra dans l'impénitence finale de sentiments, trop absolus pour la vie.

Et, en effet, elle mourut à quelque temps de là, dans cette impénitence sublime que le monde peut admirer, mais nous, non!